背面

刀尔登 著

山西出版传媒集团 山西人民出版社

目录

第一辑

——

私人花园

有用的诗，无用的人

人类的任何工作，都有可能转化为爱好吗？对这个问题，我的第一个反应，是做肯定的回答："从理论上说，是的。"但等一等。第一，当我们宣称"从理论上说"时，多数时候，我们的意思其实是"从想象上说"，因为根本不存在那样一种招之即来，而且靠得住的"理论"，能让我们从中推导出人的特殊行为。我们这样说时，只是在认为那种行为是我们的想象力所允许的。第二，当我们提到想象力的时候，多数时候，我们并没有在真的想象，没有真的重建我们的经验，而只是把我们的某种抽象能力伪装成想象。当狭窄的经验和顽固的态度让我们看不到反例的时候，我们觉得认知工作已经完成，世界已被掌握，便放放心心地说："从理论上说，是的。"或者："不是的。"

对我来说，有些事情，比如刷碗，会成为一种爱好，是难以想象的。——但这只是对我来说。我喜欢的一些事，对别的一些人来说，同样是费解的。所以我不能把握十足地说，世上没有人，一有闲工夫，就不要报酬地刷碗，自己家里的碗不够洗，还要去别人家里帮着洗刷；我只是没有幸运遇到这样的人。

最近偶然发现，世上竟有下到矿井里挖煤这种爱好。"真的？"真的，我还找到了一个挖煤爱好者的网站，不过要纪念协会成立二十周年，正在重新设计网站，上面什么内容也没有，我只好盲猜这是一种与复古、历史重建有关的兴趣。我在头脑的地址本里搜索，想找出个煤矿工，问一下他对这种爱好有什么感想。然后意识到这是个坏主意，几乎肯定会触怒有这种工作经历的人，他会神色激动地说："我们流血流汗，拼死拼活的事，居然会有人拿来当爱好，是多么不敬啊，多么轻亵啊，多么啊啊啊。"——没办法，一个人对一件事有强烈的情感，比如认为那是可怕的事，或神圣的事，别人似乎也有义务感同身受，不然就是对他的不敬，他就要语无伦次，就要起诉。——这种行为会变成爱好吗？我不知道。

考虑到爱好的四大要素，技艺，热情，成就，无用，当能看出，不是所有工作，都能同时拥有这些品质。其中最难达到的一项是无用，有些事情，我想象不出它怎么会没用，比如轰炸机上的投弹手，一个挺不错的工作，但它会演变成为爱好吗？我想不会的，任何战斗行为都不会是无用的。

马克·吐温在一部有名的小说里，揭示了把工作变成爱好的秘密。我从张友松的译本里摘引一个片段。

> 汤姆把那孩子打量了一下，说道："你说什么叫作干活？"
>
> "嗐，你这还不叫干活叫什么？"
>
> 汤姆又继续刷他的墙，满不在乎地回答说："我说嘛，这也许算是干活，也许不是。我只知道，这很合汤姆·索亚的胃口。"

后面，汤姆又提到爱好的另一大要素，需要学习的技艺："（波莉阿姨）对这道围墙可是讲究得要命；这是一定要刷得很仔细的。"可能是觉得汤姆的个人经验不足以发明大义，作者出面阐述："英国有些阔气的绅士在夏季天天在一条每天按班期行车的大路上驾着四匹马的乘客马车走二三十英里的路，只是因为他们为这种驾车的特权花了许多钱的代价，可是你如果出工钱叫他们驾车，那就把这桩事情变成了工作，他们也就不肯干了。"

什么是有用的，什么是无用的？定义起来可真难，不过我们从小就学会判断，哪些事是在课堂上做的，哪些是要在课间做的，哪些事是在上学时做的，哪些事是在假期里做的，哪些事是为了自己高兴，哪些事是为了别人高兴，哪些事做的时候，唯恐父母和教师看不到，哪些事做的时候，唯恐他们看到。

据说是工业革命，还有后来的一系列事，使人们有了更多的闲暇时光，所以个人兴趣大为发展，各种爱好从地下转为地上。我对这种解释半信半疑，因为现代生活方式，似乎是让人更加忙碌，特别是城市里的人。再说，人而有闲，可不一定就会找些需要学习的事当成爱好。我曾在某地墙壁上见到一条标语，写道："蹲在墙根晒太阳，怎么能够奔小康。"标语下面，一排老同志，整整齐齐地蹲着晒太阳。和奔小康相比，晒太阳是足够没用的事，但需要的技巧太少，很难成为一种有模有样的爱好。

忘了在哪里看到，有人说："爱好是一种异议。"假如拿这句话做八股文，破题就该说："不议之议，异于无以，非唯犹贤乎已。"有一种属于过去和未来的文风，动不动就说人"躲在阴暗的角落里"做着什么，大约没有沐浴在至德之光里，总是让人不放心。爱好者抗辩说，那是他的精神小花园；正人君子会说，为什么要有小花园，一个大花园还不够吗？为什么要藏藏掩掩，是不是在种毒？抄检发现，人家只是种些没有的东西，勉强异于无以异而已。

假如对无用之事的爱好不是如此普遍，早就给消灭了。本来嘛，大家都很重视的事，若有一个人不太在意，我们会觉得他是故意给我们难堪，就像流浪汉在眼皮底下转来转去，会降低一块很美好的房地产的价值。但太多的人喜欢偶尔出出常轨，连正人君子也无可奈何，只好说，这些小小的离经叛道，是对大道的"必要补充"，至于修剪如一，且待来哲，至于现在，先凑合着吧。

　　说到这里，又得回到那个问题：什么是有用的，什么是无用的？比如依当代的公认，挣钱是最有用的。用钱可以买各样好东西，除此之外，多挣些钱，可以改善上司的脸色。再多挣些钱，或不需要看上司的脸色了。再多挣些，还可以给别人脸色看。多么有用的事！麻烦的是，有些事，会在有用与无用之间转换，爱好者的身份，也要随此震荡吗？比如我是个诗人，不过从来没靠这门手艺挣到一分钱，假若哪天瓦釜雷鸣，居然有人慧眼识英，打赏块儿八毛的，我该怎么办？是加入诗人协会，还是放弃这种爱好，另找些无用之事来做？

　　写诗是很特别的行当。我最佩服的人，和最不佩服的人，都汇集在这个领域之中。我见识过有人用热情点燃了全部天分，甚至生命；我见识过有人拂拭积尘盈寸的语言，让精神的早期辐射曲曲折折地透出来；我见识过有人为此不茶不饭，不工不作，而最终一无所获；我也见识过有人将他精神的坟墓建于这方高贵而阴暗的角落，或以诗发家，用其毕生之力污染刚刚清洗过的语言；我见识过有人研习技艺，只是为了使之在长上面前昭然若揭；我见识过有人手持价签机而来，喀嗒喀嗒喀嗒，一行一句各得其所，然后扬长而去。

写诗是如此悠久而重大的人类行为，当然不能指望它作为一种爱好而存在。我只是顽固地觉得，无论天下有多少诗歌协会和杂志，无论一个诗人可以获得多少荣耀，无论贤哲多么不懈地将诗歌用于教化，无论有多少君主喜欢、保护、赞助诗艺，或其本人就是很好的诗人，写诗这事，至少对一部分诗人的精神来说，天生地是一件危险的事情。这危险本身使它葆有起初的一些特性，使我们可以满怀希望地想象，它迟早要退回到爱好的列表之中。

我以前赞同过贺拉斯的主张，以为诗艺属于天才，才能平庸的人根本就不该闯入。现在我不那么看了。爱好写诗的人当中，十个有九个半，从一开始就没有机会在艺术上有所成就，但他们在自己的头脑中所进行的笨拙工作，若从人类保持精神活力的方面来说，其重要性未见得亚于天才的贡献。限于才能，他们没办法将个人精神树为路标，但对整体的贡献，虽难于估量却也不宜低估。我们都见过那样一种诗人，遇到株松树便写篇"青松赞"，放三天假便写首"五一颂"，通常，真正的诗人尽管享受这些人的崇拜，却免不了于私下视之为等外品，不入流，一块钱一包，还得在夜色深沉时才卖得出去。若从诗艺来说，确实如此，但当真正的诗人或被剿灭，或被招安，或因流感而失声，或因吞金而结舌，或者，虽然难以想象，也不妨想象在未来的什么时候，因为什么奇怪的原因，诗国灭亡了，那么，不难想象的是，人类这种古老的行为，仍会在若干年后复兴，其初一定是作为纯粹的爱好，一种无用又大略无害的私人娱乐，而将这种能力保存下来的亿万个有功之人当中，谁说没有"青松赞"的作者呢？

离我住的地方不远，有一座楼房的壁上，曾书有四句骂人的诗（后来给铲掉了。可叹啊，很多艺术品都是这样被毁的）。诗人不会同意我称之为"诗"，因为那至多是顺口溜儿，将四句粗俗的话剪一剪，配上韵脚。我当然不会认为那是好诗，不过配上韵脚这件事，就很伟大，《诗经》也不过如此嘛。连骂人也要押韵，若论诗艺，不值一提，若论诗的精神，却是很纯粹的，一千年后诗歌复兴，最早的光芒一定是这个样子的。

此文写到中途，我对我以前的一些作为很是悔恨，便给一个好朋友打电话，向他请教，是如何将诗歌这种爱好保持多年的，用时髦的词说，叫"心路历程"。不料他大为恼怒，说我在晚上喝酒时取笑取笑他也还罢了，竟在上午八九点钟打上门来，实属过分。我等他发完火，诚恳地向他解释，我现在对他的这一兴趣是如何地尊重，对于他的精神圆满程度是如何地敬仰，对于他这些年来不沾不待，连美国人出了四十多万请他去作诗他也不去，藏身全形，以保爱好的纯粹，又是如何地钦佩。我把这些话说了，他却一句也不信。唉，是什么样的残酷世界，伤透了这些诗歌爱好者的心啊。

人籁是已

某君说，音乐不是爱好，音乐是生活方式。爱好在我眼中是光彩的事业，但某君每天听五个小时音乐，多半认为将之与打毛衣、酿啤酒之类的事归为同列，是不敬的。其实，生活方式本身也未必一定就了不起，连环杀手也是一种生活方式，我等饱食终日无所用心也是一种生活方式，但某君对音乐如此看重，他说是生活方式，我们就跟着说是生活方式好了。

某君说："爱好是一时的，今天这个，明天那个；对音乐的热爱，我说的是真正的热爱，是终生的。"我心里想："有什么了不起？有些人终生吃药，实际上所有的医生都恨不得我们终生吃药，那也未必是出于热爱。"嘴上说："第一，不是所有人都有您这样的深刻而广博的知识；第二，今天的爱好者，可能就是明天的您。想当初，您也是从爱好开始，用了很多年，才至妻离子散之境。"

所谓想当初，是三十多年前的事。有位姓严的老先生，在《读书》杂志上撰写音乐随笔，他的热情感染了许多人，包括某君。

通常，人之喜欢上某种活动，是不经意的。比如有种奇特的爱好是培养红茶菌，当年许多家庭鼓捣过这玩意，而有极少的人，真心地喜欢上了它，我想是这种活动与他们性格或经历中的某个方面合了拍，而不是他们预先立志要把家里摆满瓶瓶罐罐，打定主意要找一种滑溜溜的东西来悟道，提前决定要向亲友推介这蘑菇不像蘑菇、水母不像水母的东西。不过，也有这样的情形，有人把一件事形容得如此美妙高迈，我们听了，心里就想："这么棒的事，我一定要喜欢上。"不是"我要试试"，而是"我要做好，成为像他一样的行家"。然而，我们虽可命令自己从事某种活动，强迫自己去学习、练习，却没办法强迫自己发生热情，而热情是爱好的核心。

在那位严老先生的影响下，我也曾幻想过，要是能成为音乐爱好者，该有多好啊。可能是因为浅尝辄止，也许是天性使然，我始终没有发生某君后来所达到的热情。很少有人会说自己不喜欢音乐，就像用不着成为一个美食爱好者，也可以喜欢吃饭。但我们这种人之喜欢音乐，相比于音乐爱好者的热情，更不用说某君的"生活方式"中所暗示的心灵波澜，那就差得很远了。有古人说，音乐和滋味及权势一样，"心不待学而乐之"，这只是说我们有相应的能力，至于将这能力充分实现，和充分实现人的其他能力一样，是非常难的事。

音乐之可以成为一种爱好，因为它需要学习。如果只是被动地听，哪怕能如醉如痴，不知肉味，在我看来，也只是一般的喜欢而已。就像读书一样，可以是临时的兴趣，可以是长久的习惯，可以是爱好，可以是"生活方式"。——实际上，我不大相信读书能成为爱好，人可以爱好阅读，比如说，某个作家，某种风格和体裁的作品，但爱好读书？我觉得那是不可能的。

书太多了。巴尔扎克是了不起的作家，他的风格，不太像是会吸引到当代的爱好者的，不过以世界之大，想必也有，那么，巴尔扎克的爱好者要做的第一件事，是阅读他的全部作品，那也不很多，不到一百部。

对于普通的"文学爱好者"来说，巴尔扎克的小说，读上十来种，最多二十种，已经足够了。但在相邻那个领域中，假如我喜欢巴赫，好吧，他的作品有一千多部，怎么办？莫扎特有八百多部作品，怎么办？而且很少有人止于自承巴赫爱好者，他们是音乐爱好者，相应的学习，太艰难了，让我这样的人望而却步。

而且在唱片机时代，在国内，要买到一个作曲家的全集，简直就是不可能；就算有，也没人买得起。磁带便宜一些，也只是一些而已，且又容易损坏，以至于那时的人得了喜欢的磁带，要翻录若干，将原先那张称为

"母带"，录出的子子孙孙，才舍得日常欣赏或馈赠朋友。后来有了CD，但在严老先生写专栏的时候，远未普及，而且早期的CD机也很贵。

而且重要的作品，要听许多遍啊。还有不同的版本，不同的乐队和指挥家，不同的音乐厅。——音乐爱好者怎么可以不长寿呢？

某君宣称听完了所有能找到的巴洛克音乐，他是如何做到的，我难以想象，开玩笑说，你有八个耳朵。他欣欣然不以为忤，俄而又叹了口气，表达一路的艰辛。是的，爱好音乐是辛苦的事，不过某君说，一旦尝到了那美味，就会觉得太值得了。

那美味是什么呢？我想起枚乘《七发》的第一章，称美一种哀伤的音乐，说那是如此地令人心碎，连走兽听了，都垂下耳朵，抑郁得一步不想动，"此亦天下之至悲也，太子能强起听之乎？"人不喜欢悲伤，却喜欢令人悲伤的音乐，这是多么奇怪啊。

某君想了想说："甜蜜的悲伤。"我不知道"甜蜜"是什么意思，也许对应的是古典理论家所说的"卡塔西斯"作用，即音乐驯化心灵，将我们由实际事务引发的狂野的、难以控制的情绪由生米煮成熟饭，或者，用中国古典智者的话说，"乐而不淫，哀而不伤"。

某君从音乐中得到的美味，像我这样的附庸风雅之士，是体会不到的，只能听他来形容。除非喝到半醉，在某君面前我是不敢讨论音乐的，否则就要面对他怜悯的目光，然后是忍无可忍的一声叹息，然后是我最怕听到的"我也不能说你说的就一定一点道理也没有"，这个令人眩晕的句子像将人从十二层楼顶推下去之前，先在地上铺块一尺见方的垫子，因为接下来他就要将我批驳得血流成河了。

但我也有我的机会。比如某君有一回赞美一部作品，说那简直是"天籁"，被我捉到了。形而上学一旦说得口滑，"理从心中活泼泼地发出来"，可以把实际的对象忘得干干净净，或藐视得一钱不值。庄子说"天籁"和"地籁"高于"人籁"，是他的哲学的必然推演，但某君这样的音乐爱好者，应该对这种高论嗤之以鼻，而不该纵容自己使用"天籁"这样的词啊。

趁着某君一时语塞，我接着说，音乐最了不起、最不可思议的地方，就是调制了一段声波，就能让咱们边听边身不由己。它不是模拟，自然界中绝没有这样的事物（或者说产生这样一段声音的几率低到符合我们对"不可能"的定义），如果有任何相似的片段，也仅是巧合，因为有太多的声音拥挤在狭窄的频率范围中。为了证明这一点，我将搜索地外文明的科学家举作例子，比如著名的WOW！信号，不过是有极微弱的"不自然"，就引起了大家持久的兴趣，还有CP1919，现在知道是脉冲星了，当时也被认为有可能是"人工"的（顺便说，它的脉冲图曾给一个乐队用作封面）。假如未来的人接收到祖先在地球上制造的音乐，比如说长达三分钟的一段帕格尼尼，或蝎子乐队的四句歌唱，他们会认为"世界之大，无奇不有"吗？不会，他们会比我们还坚定地相信，这是"人工"的。

我迫使某君承认使用"天籁"一词是口误，我们共同讨伐某种"科学实验"，比如证明恰当的音乐可以让玫瑰更鲜艳一些，让奶牛多产奶，让圈里的猪生活得不那么痛苦，诸如此类。我们一致同意，以后提到这些"科学实验"都要使用引号或用"所谓"一词来修饰。因为这些实验粗率而匆忙，没有真正把变量孤立出来，所以难以重复。还有，如果下面这个词不是已经变得恶臭，我们还很想说这些实验"别有用心"，既侮辱了音乐，又侮辱了科学，到最后是侮辱了人类。

古人可以说"击石拊石，百兽率舞"一类的话，他们是古人啊，庄子可以怀疑人类语言与鸟叫的分辨，因为他是庄子啊。说到这里，我忽然同意某君了，音乐确实不太像是爱好的对象，倒有些像阅读。读书是简单的行为，但所对应的心灵活动太广泛了。几十年前，各种小书店和专门的书店还没有涌现之前，北京的读书人必去的一个地方是王府井书店。在那家书店，以及遍及全国的那类书店里，一目了然的是，喜欢看书的人与喜欢看书的人是多么不同。按说，拥有同一种爱好的人，在其爱好方面有说不完的话，但站在园艺类读物架前的人，与搜寻《Basic指南》的人，能算是拥有同一种爱好吗？

某君挖苦我的一个手法，是在我大放厥词得忘乎所以的时候，用一件陈年旧事来打击我。他会抽冷子微笑着说："你最近还听'阿鲁巴、牙买加、百慕大、巴哈马'吗？"很多年前，他闯入我的居处，听到我正在播放的歌曲，露出难描难述的表情，让我一看就知道，啊，要倒霉了。相轻的不只是文人；一部分音乐爱好者，认为另一部分音乐爱好者听的或者是噪音，或者是装腔作势的东西，他们算是拥有同一种爱好吗？

我不知道。不过让我认真地怀疑音乐能不能够成为或保持为一种爱好的，是它的其他特异之处。比如说，我喜欢懒洋洋地躺着（顺便说一句，这是庄子最推荐的"生活方式"，比站着和奔跑要高级许多倍），但我不认为这种运动对应着我们人类的什么独特天赋，它涉及的能力，我们还拿去做许许多多别的事情。音乐不是这样。音乐似乎对应着一种特殊的能力，这种能力与我们生存的关系，我们尚未发现，一时无法理解。我们可以将它驱使我们去做的一些事情发展为爱好，但某君这时是对的，爱好一词，又不足以阐明人类的这些活动。

　　不管怎么说，耳机是伟大的发明，它将人类的活动轻轻松松地隔离开来，避免了不知多少争执。最近的另一个伟大发明，或者说，最近才得到广泛应用的另一个伟大的发明是口罩，它虽非用来避免争端，却能让我们争执时不露声色。那些相信"眼睛是心灵窗口"的人，现在该垂头丧气了吧。

象棋与围棋

每个城市的街头都有"象棋摊儿"，是行人的绊脚石，太太们的眼中钉，远远看去，像便道上生出的蘑菇。瞧那些人，不是披头跣足，就是衣架饭袋，喧哗时旁若无人，凝神时如痴如呆，夏日下蒲扇争风，冬天里肉颤心惊，忽而处士横议，转瞬又暗默无声。——谁不是呢？但这些人有一点与众不同，就是齐齐地盯着低处的什么东西，好像世上还有比这更底层的生活，值得观察。

我常是其中的一员，故能很有经验地说，象棋摊上的事，大有可观。我甚至把它当成人类的高贵性的一个卑微的例证，您想啊，在那里看下棋的人，并不都是像我这样的退休老头儿，尽有学生、商贩，有的还夹着公文包呢。我见过修自行车的人，一连半小时把黑油油的链条攥在手里，全不顾几步之外，车主的脸色已经发青了。我见过文质彬彬的中年人，手里捏着一张钞票，把太太的委托全然忘记。——象棋摊本身就是个雄辩，论证着被普遍认为具有最高优先地位的事务，不管那是什么，是红白大事、原子弹、拯民水火，还是奉承上司，总有一些人，因为另一些事，把伟业抛在脑后。事实上，如果一个社会里，会出现彻底压倒性的事，能至万人空巷，能让乳母舞手如仪，能让屠夫把刀留在猪肚子里，能让象棋摊消失，那绝不是我想生活在其中的社会。在旅途中，每到一个城市，我都会留意，街上有没有棋摊儿，如果走了几百步还见不到，我就不安，怀疑来错了地方。

　　但将棋摊象棋列为一种爱好来谈论，我是有点拿不准的。因为那里的绝大多数人，花的时间固然很多，但要使之成为爱好，其所需的心智投入、对这种活动本身的热情（而非社交性的热情），以及技艺上的成就，就不大够格了。有两个老头儿，一年到头寒来暑往，永远走一种开局，不光是开局，连后面的十几步，也都一模一样，直到出于什么神秘的原因，比如脑子里随机的一股电涌，或者被蚊子叮了一口，或者有人在二十步外被捅了一刀，或者昨天被太太多数落了一次，诸如此类，才有变着，而且还互有胜负呢。不但棋着，这老哥俩连斗嘴，都像是排练好的，翻来覆去地搬演，总是那么几句词，时机也一成不变。这样的棋艺，能算得上是一种爱好吗？我不太信服，但这里面又有种东西，和满怀热情的癖好一样，向我们揭示着人类精神的复杂程度。比如说，这样的棋，不光他们下得有滋有味，还有人看呢，包括我，——人能无聊到这种程度，是多么有趣的事。

知识，技艺，这些标志着其他嗜好的成分，在棋摊上也能见到踪影。那里的人，看书、打谱的太少了，百中无一，但我们看到，职业棋手或更深沉的爱好者们建立的知识系统，总能找到途径流传到小板凳中间。虽然是在末端，棋摊上的棋，头几步都是有模有样的，职业棋手走当头炮，我们走炮当头，职业棋手走九尾龟，我们走独角兽，甚至一种深刻的着法，过了少则几年，多则一百年，棋摊上也就有了。总有一类传说，讲某个天才无中生有，一生没见过高手，就是自己在那里琢磨，忽然出洞，便无敌手。编这类故事的人，或者不会下棋，或者用心深远，想怂恿人们藐视知识。奇怪的是，按说围棋是更难掌握的一门技艺，需要的知识更多，但这类传说，在围棋界比在象棋界更容易流行。

说到下围棋，虽然和下象棋使用着同样一个区域的大脑，但在我们这里，人脑里别的部分跟着起哄，似乎更常见些。比如说，下围棋的人，相信围棋是尧发明的，就比下象棋的人，相信象棋是黄帝或韩信发明的，比例要高一些。明明是玩的东西，偏要装神弄鬼，张口传统，闭口文化，张口天地之变，闭口神鬼之数，在这个行当里也更多一些。我对围棋的技艺和下得好的人是很敬畏的，但前几年，人输给了程序，我又挺高兴，以为对那些把围棋当成哲学分支的人，是一个打击，所以那一阵子，我特别爱去下围棋的人那里玩，——人总得找点乐子嘛。

跟象棋比，围棋更像是我所说的爱好。比如，稍有点水准的人，都会看书打谱。还有一样好处，是下围棋通常更清静，我猜就是因为这个，我更喜欢下象棋一些。清静是好的，但有的清静，夹着森严，好像要警告你身处圣地，不要乱说乱动，这就让人紧张了，如果再烧上一根香，我这样的凡人，未当局就已经意乱情迷，呼吸急促，哪里还能赢棋。有的地方，还自称是道场，不知练的是长生还是转世，反正不是人间气象。

孔圣人说过，无所用心，才要下棋。但我听一位围棋高手说，下围棋和下象棋不一样，下象棋用脑，下围棋要"用心"。我向自己胸口一看，钱包后面若有物焉，也算是有心人，但一想到要用，就舍不得了。还是去下象棋吧，——其实我也知道，下围棋能让一个人表现出"更好的自我"，比如夏天，下象棋的都是短裤党，下围棋的则长裤猎猎，坐得也比较直。但不知为什么，我就是喜欢象棋的粗俗。再举一例，下围棋的人都很谦逊，不管心里怎么想着，下棋前先说请多指教，哈基米马希德，终局后还要说承让承认，古轮木欧巴；下象棋的则不然，开局前总是说"你这个臭棋，胆子不小啊"，下完后就说"瞎猫碰见死耗子"，或者"把我下睡着了"。我这些年更常在网上下棋，一看网名，就见出二者区别，下围棋的人，网名多叫"清风""小雅"之类，下象棋的人更直截些，我常去的那个网站，最常见的类别，除了"断线死全家""骂人者是小狗"的立法类，就数"天下第一人""超级大师"的励志类最多了。那里的昵称可以重名，所以我见过两个胡荣华自相残杀，旁边还有三个杨官璘、四个李来群在观战。

真正的嗜好，能使人物我两忘，在这方面，围棋和象棋不分高下。了解一点日本棋史的人，都知道所谓的"原爆之局"，原子弹的冲击波使门窗全碎，而对局的桥本宇太郎和岩本熏，爬起来将棋局摆好，继续下棋。这样的专注，在爱好者中间并不少见。有这么一位中年人，家庭成员特别多，他下一会儿棋，总有六七人来叫他回家，或叮嘱他办什么事，先是来个七八岁的小姑娘，接着是个十几岁的大小子，接着是二十多岁的人来叫，然后是四十多岁、五十多岁，最后来位一百多岁的老太太，才有望让他离局。家里的人跟他说什么事，他总是说"知道了"，其实他根本没听见，都是旁边的人帮他记录，待他下完棋后，一一讲给他听。还有个年轻的路人，挽着个漂亮姑娘，路过棋摊就走不动了，后来他就下棋，后来漂亮姑娘就消失了。这个年轻人的棋下得很好，说明孟子说得对，成功需要一心一意，不能老惦记着鸿鹄将至。

还有一个人，看棋的时候愁眉苦脸，下棋时神采飞扬。知道的人说，他家里的房子被拆掉了，这个人脾气好，并不相争，只是下棋，以棋摊为避秦之地。世界上有太多的事，使有嗜好者为有福之人，能让他们忘却烦恼，忘却无能和不幸，忘却恨意和爱情，忘却柴米和油盐，忘却劳作和收获，长达数小时之久。有一个棋迷说，天堂就是可以天天下棋的地方；另一个棋迷说，天堂就是不用天天下棋的地方。他们谁说得对呢？我不知道，我只知道我和这类棋迷不一样，我在乎输赢，他们境界高，不太在乎输赢，我听说要达到这样的境界，就得多输棋，输得多，就不在乎了。

我最怀念的象棋摊，还是我家附近的一个。二十年前，我旧业已失，新业未形，每去那里盘桓。日常聚有二三十人，大呼小叫，通宵达旦，近乎黑恶势力，警察束手，保安侧目，至于大姑娘小媳妇的，只有远远地骂。在这个聚集群体中，我印象最深的有三位，都是从不下棋的人。第一位是小何，身份是私营业主，合理合法，棋摊就摆在他的杂货店门口，他除了提供棋具、板凳，还是我们的灯光师和清扫员。小何是纯粹的看客，甚至连棋也不看，只看着我们这群人聚在他门口，就幸福得不得了。后来他破产了，去了别的地方，棋摊也就解散了，我总觉得这里面有什么阴谋，——我们每天喝那么多汽水，有时还付钱，他怎么会破产呢？

第二位是老张，退休的党校官员。老张是我见过的最和蔼的人，连吃冰棍都是笑眯眯的，他还有一个特征，总是背着手，不知是要随时应付无常的命运，还是习惯了检阅生员。他永远站在外围，不往里边挤，不动手碰棋子，也不吵嚷，甚至话都很少，我们这伙人也不大同他说话，所以他的棋艺高低，没人知道。直到有一天，我去时只有两三个人站在那里，等人来下棋，我便力邀老张对弈，他强不过我，伸手走了几步，第一步石破天惊，第二步风云色变，第三步人神同嫉，第四步我就赢了。我这才知道老张敢情不会下棋，对他就更加佩服了。

第三位不知其名，是收废品的一个中青年人。他总是在夜里来，推着一辆三轮车，看一会儿棋，然后就缩在小车上睡觉，到我们散去时，他满意地醒来，施施然回家。几乎每天如此，格局之高，实不可测。后来他归了正道，生意越做越大，好像左近很大一块地盘，所有的废品都归他收，这几年里没见到他，估计已经开托拉斯，做董事长了。如果是这样，也算是我们棋摊出的一位人才。

矿石与锈铁

有特殊爱好的人，生活在两个世界里，一个是我们的世界，另一个是他们自己的平行世界。假如钓鱼的人能隐去背影，我们可能完全不知道，邻居张三和同事王五，竟然身怀挖虫子的绝技，还在家里秘藏细竿和尖钩，可你上次想跟他借根长竿子打枣，他还声称没有呢；假如我不是在上世纪九十年代认识了W君，我可能到现在也不知道所谓"发烧友"的原始词义，据他说，那是在八十年代末期就兴起的群众运动（W君是官商，喜欢用这类词），也就是说，在好多年里，有一大群人如火如荼地从事这个兴趣，有的就在我身边，我却一无所知。

有一次W君说："我花在绕线上的时间就有几百小时。"

和W君的交往，有助我避免对人的精神世界妄下判断。其实，古书里早就堆满了材料，告诉我们人是可以多么地言行不一，且思与言行不一。如果言行可以相差一百公里，思与言行就能差到一万公里。可惜，我们在概念上理解此事，但要将不妄度人心变成自己的一种习惯，还得靠实际事务的屡屡提醒。W君在我眼中，是个一本正经的人，甚至可以说是无趣的人，第一次认识他，我就私下里把他归入"小炮手"一类——这是当年流行在小圈子中的一个词，意思大致是"积极向上"的人。

所以，想象W君这么一位衣冠楚楚的人会在夜深人静时，给本来应该紧握要人之手的手戴上手套，瞪大一双本应用于视察实际事务的眼睛，用自制的绕线器，一圈一圈地绕着铜线；想象W君这么和光同尘的人对自己如此挑剔，稍不满意就拆开重绕，绕完了还要测试，再抹上什么漆，使用太太的厨房工具把它烘干，然后接在什么机器上，听某种频率的电流声音，那声音总是有的，于是这个线圈就得拆掉，周而复始，乐此不疲。——想象W君从事这样的勾当，对我来说相当困难，这种困难本身，证明我对人的理解是狭隘和偏差的。而思想宽阔的人，听到什么事也不会惊奇。"谁敢相信，模范官员竟去勾搭小孩子？""正常。""听说一半的诗人都去画画了，是不是有点奇怪？""一点也不奇怪。"——这是很高的境界，据说只有在内容丰富的地方活得久了，才能达到。

话说当年，第一次造访W君的住宅，被他拉到一间小屋子里。里面堆满了五颜六色的线，喇叭，仪表，大管子小管子，无数我不知其为何物的东西，但最吓了我一跳的，是台子上的一个大机器。我以前依稀听说过"功放"这种东西，但从没料到会这么大，我觉得它至少有三十斤重。

"三十公斤。" W君得意地说。

可能是生活所迫，W君竟向我这么个半生不熟的人滔滔不绝地介绍他的宝贝。一些格格不入的字眼，从他嘴里流出，什么阴极直热，阴极中毒，什么肖特基，无氧铜，倒相，栅流，负反馈，非平衡，什么2A3，6V6，一二三四，五六七八，反正我也不懂，一边听，一边盯着那台"胆机"。那里边的东西密密麻麻，让人眼花缭乱，光是旋钮就有十好几个，电子管更是一排一排，有的像茄子，有的像葫芦。他看到我的兴趣，就指点我观赏一个叫什么牛的东西。他的机器里自然不会有牛，那东西外表普通，模样和大小像是老鼠家的铝锅。W君说，这个牛是蜜月旅行中买到的，让新婚妻子很是不高兴。

我说，让我看看这机器的本领吧。W君挺高兴，打开一个叫示波器的设备，屏幕上出现了两条线，有点像城墙的垛口，一个高些，一个低些。W君望着这两条线，仿佛那是最美丽的东西，可对我来说，这是最没意思的电视节目了。

"太棒了！"我赞扬说，"咱们听点什么呢？"

W君拿出一张唱片，给我听其中的一段。玻璃杯落在地上打碎的声音。我不得不承认，太逼真了，骗得我回头看了一眼，看是不是某位愤怒的太太在我侧后几尺远的地方砸了一只杯子。真的，花几角钱买只杯子摔到地上，一定不会有这样的效果。

我问他是如何学会了这一大套本事，据我所知，他在大学里的专业是理论物理。W君说，算是家传的吧。他的脸色有些奇怪，我以为他不太想谈这方面的事，但他还是来到房间中最神秘的角落，从布满灰尘的一堆什物中找出一件难以辨认的东西。他说这是他父亲当年给他做的一台矿石收音机。"生锈了。"他遗憾地说。

多年后向他提及此事，他说早已回归火热的生活。"有的扔掉，有的送人了。"至于他父亲，生命的最后几年里住在W家，我见过一两回，一个瘦小的老人，很少说话，接人总是很谦恭的样子。

这位父亲，姑称之为老W君，在六十年代中后期的某天夜里，突然坐起来，因为在他心里，不知何故，一棵死树发出了新枝。他绕过熟睡的妻儿，来到院子西侧，那里有个旧牲口棚，早没牲口了，就放些杂物。年轻的老W点着煤油灯，找到一个木板箱，里边是他上初中时的宝贝，有散乱的器件，一个电烙铁，许多铜线，还有几块矿石，黄铁方铅之类，其中最好一块是红锌石，装在一个小小的玻璃药瓶里，灯光一照，流光溢彩的，老

W的心就酥了。箱子里最宝贵的，还有几本书，有《少年电工》《从矿石机到二管机》，还有当年他从县城零散买到的几本《无线电》杂志，其中一期的封面上有两个漂亮的女报务员，是小老W心中的神仙。

第二天老W去了县城。以后的几年里，老W一有空就往县城跑。他去县城有两件事：一是去新华书店看书，那时书店是不开架的，他得假装买书人，才能让高贵的售货员从架上取书给他。这点把戏，人家自然清楚，懒得戳穿他而已。二是去废品站，看能不能找到点儿他需要的东西。后来他发现了垃圾堆这种宝藏，便常去浏览，特别是工厂和政府机关附近的。当时人们很少扔垃圾，也没有垃圾箱，值得扔掉的东西，差不多都能被风吹动，只有在特别阔气的部门附近，才有可能形成"堆"的奇观。老W脸皮薄，有一次仿佛看到了什么亮晶晶的东西，但有几个女人在旁边聊得很起劲，老W徘徊良久，那些人也不走，只好废然而返。到家后自怨自艾，第二天早早赶去，垃圾堆已经被清理了。实际上他从垃圾堆中所获甚微，但在他最好的幻想中，总有一支漂亮的磁棒，甚或一支小小的二极管，藏在烂白菜叶的下面，等着有缘人去搭救呢。

矿石收音机中最昂贵的部件是耳机，老W只有一个青年牌的单线圈耳塞，人称通讯耳机的。好一点的要几块钱，不是他能买得起的，他的家当都是论分论角，比如"天津理发社"出的线圈，三角钱能买两只。那几年里老W的矿石收音机装了拆，拆了装，就是受限于耳机，他另有两只舌簧喇叭，但太吵了，不适合安静的事业。终于有一天，他从废品站弄到了一副四十年代出品的双线圈耳机，还是双耳的，戴上后就像报务员，虽然它的线圈损坏了，不响，老W还是每每把它戴在头上，闭上眼睛享受一会儿。老W花了半年来修理它，仅下手撬开线圈框，他就迟疑了半个月，那实在是太难了。

有了高级一点的耳机，老W想做高级一点的矿石机了。"高级"是老W常用的词，也是那个时代常用的词、美好的词，以后还会流行的。——且说老W想做的是多波段的矿石机，第一个障碍是短波线圈，他绕线圈的手艺很好，却怎么也不成功。要买得去省城，可老W连路费都要发愁。他的财源本来是鸡蛋，最近村里办集体鸡场，把家家的母鸡都收走了，只给他家留下一只臭名昭著的老母鸡，它的名声来自吝啬，这几年里，老W都生了三个孩子了，它总共才下过两只蛋。老W便去采药，他只认识几种最便宜的药材，也卖不了什么钱。

他采药时摔伤过。还有一次受伤是在县城附近，遇见工人在铺柏油马路。老W见到那么大的石头堆，就有点走不动，翻了半天，矿石没找到，却被沥青熏得中了毒，回家吐了好几天，皮肤出现很多黑点。

闷闷之中，老W打开他的矿石机，他最爱听的，不是耳熟能详的几个电台，而是一峰一峰的噪音，他知道每一截噪音都隐着什么，听不到就只能想象，而想象本身，就很让他舒服。要是有人问老W，你最想从收音机里听到什么，喜欢听的又是什么，他也说不上来。也许制作矿石机的过程最让他喜欢，比如他特别喜欢的一件事，是调节活动矿石的触针，那感觉真像是可以用指尖碰到新鲜的世界。

听说不远一个村里有当时所谓的知识青年，其中有懂无线电的，他就去请教。对方说行，过几天去你家看看。贵客如期而来，一共四个人，吃掉一盘韭菜炒鸡蛋和一盘炸花生，喝掉他家仅有的半瓶酒，看了几眼他的收音机，说你这电路太落后，也没有计算，全是瞎鼓捣，说完就走了。老W去书店更勤，要学计算方面的事，但他没有仪表，所以还是很难。幸好有个知识青年把他"揭发"了，某一天，不知是乡里还是县里的人，声势浩大地来他家检查，其中有一位，仔细地把他的设备看了一遍，又听了会儿他的收音机，对别人说，这个没事。这个人走之前给了老W一些技术方面的指点，让老W十分感激。

终于，线圈绕好了，高级矿石收音机也做成了。老

W给它做了一个木盒来珍藏，不到特殊时候，舍不得拿出来听。后来送给了儿子，但此时这玩意已经一钱不值，他自己家里都有电视机了，晶体管收音机更是有两三架，送它就是当个纪念品。

马尾与牛皮

人对刀的喜欢，有时挺强烈的。铁匠比尔·默兰，十二岁的时候，造了自己的第一把小刀。那是他自己生炉子、自己锻打的，若不是有惊人的热爱，何至于此，不像我们小时候，把铁片放在火车轨上，轰隆隆隆一响，就宣称得了宝刀。比尔·默兰后来被捧为"现代大马士革钢之父"，其实那种技术已经失传两百年以上，他只是揣摩其意，用当代的材料折叠锤锻，使所得在外观上与古刀相近。——名号有点虚夸，但他以一己之力，在他的国家复活了手制刀具，则是真的。他很老的时候，仍然身怀一把小直刀，我想它的象征意义远过于实际用处吧。

刀的象征意义是什么？我一半不知道，一半假装不知道。且说复兴古代技艺现在挺时髦的，我则觉得，能够流传的，谁也挡不住，难于流传的，再使劲也白搭，不如写在书里，放在博物馆里，叹一口气，然后"回到火热的生活中去"，等千万年后，地球表面被这样的图书馆、博物馆占满了，那时的人想怎么办，我们就管不着了。这是从制度方面说，至于个人的喜好，自然越是五花八门越好，有人慕古，总比没人慕古好。至于在制度上慕古，那是另一回事。

但制刀这门技艺，我真心希望它能够流传千古。悬想遥远的未来，说不定什么时候，像废土类电影里演的，文明全毁或者半毁，除了一拨强梁之外，人人赤手空拳，这时若能传下制刀的手艺，说不定大家还有出头之日，匹夫一怒，渭北一掷，至少吓人一跳吧。《史记》里说，"好带刀剑，中情怯耳"，说的是韩信带刀剑的原因是他胆子小，心里总是害怕。然而从原理上说，人们确实应该时时刻刻地害怕。

有这么一个用老法造刀的，姑称之为张铁匠，他的手艺，据说是某个祖先从苗人那里学到的，在家族里传了好几代。到他的时候，旧法还剩下几成，谁也不知道。张铁匠擅造的是那种佩在腰间的短刀，早已不流行了，何况他只从前人那里学到一半手艺，只会打铁，不会造刀柄刀鞘，打出刀身，就找段白木头插上，光秃秃的。谁买了他的刀，先得拿来磨洗自己的柔夷之手，所以早年间有人和他开玩笑，说他卖刀应该送一根针，来挑手上的木刺。

总之，张铁匠在好些年间中断了这个营生。他的刀不能卖，也卖不出去。但他喜欢打刀啊，喜欢到处收罗旧钢废铁，喜欢炉火的颜色，喜欢锤锻的声音，喜欢从水中腾出的白烟。他最喜欢的是用拇指滑过刀锋，体会一种均匀的刺激。实在憋得难受，他就改打菜刀。本来他家里有旧训，不许子孙打菜刀，觉得那有失身份。张铁匠不得已而为之，倒不是为了谋生，只是手痒。打菜刀间，他可以偷偷地打点儿小刀。村里人也都知道他在干什么，他既然不去售卖，也没人管他。

虽说不卖，村民或来讨要。讨去了难免有送人的，这天来了个邻县的人，看他打了一会儿铁，忽说他的刀不够好。这人其实是外行，但听过传说，看过话本小说，便说利刃都是"吹毛可断"，有人送过他一把张铁匠的刀，却不能吹毛断发。此人吹完牛就走了，给张铁匠留下心事。吹毛可断他当然听说过，以前从来没当正经话，这回不知怎么却认了真。那时全中国的男人，道士除外，全是短发。他便和太太商量，然而太太是杨朱一派，拔一毛而利天下的事是不肯做的。

此事就揭过了，直到数月之后的一天，忽然见到村里那匹宝贝马的尾巴，静如凝瀑，动如潦雨，真是好看呀，他一喜欢，就偷偷地割了几根，回家一试，竟然没有吹断。他就连夜打刀，打完就去偷毛，偷回来再试。如此多番，虽说每次只取一小束，又从贴近马股的内侧下手，无奈春来早而物生迟，元宵节的时候村里秧歌会，照例要让这匹宝马出场，还要装饰，包括编尾巴，这一下就败露了。本村奇蹄类动物虽还有些，但要说货真价实的马，只有这一匹，养尊处优，吉祥物似的。当下群情激昂，而嫌疑人只有张铁匠一个，因为他本是从来不近牲口圈的，近两个月却时常造访，有时还带把黄豆。

一问他，张铁匠就招了。村里也没把他怎么样，只是大大地嘲笑了一顿。从此，他的"马尾巴刀"在附近出了名。又过了些年，时过境迁，大家争先恐后地做买卖，能卖的都卖，张铁匠的儿子，打铁的手艺不太成，倒有些生意脑筋，就以"马尾巴刀"为名，开了店铺，这时张铁匠已老，不去管这些事。他儿子卖的马尾巴刀，虽说还是折叠锻打，并不炒铁，而是买现成的当代钢材，已非旧观了。

其实锻刀的旧法，虽然讲究，若从实际效用来说，与现代钢材制出的刀，是没办法比的。即使"采五山之铁精，六合之金英"，无论是刚硬，还是耐磨或坚韧，不要说比S90V、VG10之类昂贵的钢材，就是比满大街都是的440钢，也差着一大截，水击鸿雁或许还行，陆断马牛就做不到了，决云容易，断玉则是门也没有。旧有百炼刀之说，指的是多次折叠锻打，当然不会有百次之多，且也不是次数越多越好。当年诸葛亮《作刚铠教》，只说"五折刚铠"，也就是叠打五次，张铁匠叠打几次，那是不传之秘，有人估计当在二十次之内。

人们买"马尾巴刀"之类，大概看重的还是其象征意义，张铁匠儿子卖的刀，刀柄和鞘都挺漂亮，价钱自然也贵。人们买了这么贵的刀，当是摆在架上，不会拿去剸犀斩马。然而免不了有想入非非的人，生出事来，追根溯源，找到了张铁匠儿子这里。

张铁匠儿子貌以忠厚，内怀机变，声称自己的刀是工艺品。警察说，你说是工艺品，那你造得这么锋利，为的什么。张铁匠儿子想了想说：

"拆快递。"

警察从他架上取下一把一尺多长的钢刀，说："这也是拆快递用的？"

张铁匠儿子说："拆大快递。"

后来罚了他一点钱，事情不了了之。

说完打铁，再说个打鼓的。有一次在某地，晚饭后蹓跶到广场上，遇见一支鼓队，打得震惊百里，真是响啊。我就去旁边看，一看就入了迷。古书里说"击石拊石，百兽率舞"，诚不我欺，我是怕吵的人，不过忝在百兽之中，听了一会儿，脚就跟着动。后来又到过这个地方许多次，每次都听他们打大鼓，如果他们没有出现，就很失望。

说到打鼓，谁都会想起著名的"击鼓骂曹"。徐渭拿这个故事写过一出戏，讲的是阎王爷审曹操，祢衡当证人，一边打鼓一边骂，最后曹操获罪云。其实他不用动嘴，只要手下敲得足够响，嫌疑人不堪其吵，总要认输的，特别是曹操有头痛病，哪里还用渔阳三挝，一挝就精神崩溃了。

　　"击鼓骂曹"是后世的传说，没有提到祢衡用的是什么鼓，我猜那不会很大。今天说的打鼓，打的是牛皮大鼓，冬冬庄，冬冬庄。这种鼓曾经用来求雨，更要特别地响，不然龙王听不见。我问过一位鼓师，这么大的声音，平时练习，不怕过去的人骂街，现在的人报警吗，他笑而不言。我对此术一窍不通，只好猜想他们也有某种哑音的办法，或用类似现在之哑鼓的办法，一来免于吵人，二来别让人偷学了鼓点去。

　　有位鼓师，也姓张，某天夜里突然在家里敲起大鼓来。他的大鼓是父亲留下的，七尺之径，着实响亮，就算没到"波鸿沸，涌泉起"的地步，至少把全村的人，除了耳朵背的，都惊醒了。人们先是在被窝里骂，后来受不了，半村的人聚在他家门口，要看看张某人到底发了什么疯。他太太蹲在院里，捂着耳朵，只摇头不说话。人们进屋去看，见张鼓师打得正高兴，吵吵嚷嚷地唤他停下。张鼓师收了手，满脸歉然，却不肯说他为什么半夜打鼓。

现代心理学还在路上，对这类行为的解释，总不外乎郁积所致。固然不错，但这道理古人也懂啊，连村里的居民议论，也说"是不是有什么心事啊"，——心事肯定有，但若不能精确地预见，离科学也还远。我把张鼓师的故事讲给一个精通心理学的朋友，他提出数种判断，每一种都很精妙，我听了之后，如醍醐灌顶，增加了对自己的不少了解，假如不是知道后面的事，肯定以为他是张鼓师的唯一知己。

过了很多年，张鼓师才说漏了嘴。原来他父亲临终时，指着那面大鼓，说不出话。张鼓师的行当里，有几种传说，都和鼓中藏物有关。有藏财宝的，有藏带血的衣物的，还有藏美人儿的，出来就给你做饭，还只做饭不吃饭。张鼓师虽爱幻想，倒不会相信那些怪力乱神的事情，不过好奇心总是有的，想入非非的时候，难免冲着牛皮大鼓发会儿呆。想的年头多了，终于忍无可忍。还有，大鼓可以打坏，却不能对它做用刀割开之类的事，那是行规所不赞同的。我把这些事讲给心理学朋友，他说，那面大鼓就是张鼓师的精神寄托，是使已知的日常生活可以忍受的未知图景。他跟我说话尽量不用术语，但我仍然不是很懂，说张鼓师日常生活过得挺好呀，没什么不易忍受的。朋友摇头，说我陋于知人心。我想了想，他说的也许是对的。

我又问，那张鼓师为什么早不打，晚不打，上午不打，下午不打，偏在这天的半夜里打鼓。朋友说，这就是要由心理学来解释的，但需要很多细节，而我什么也提供不了。

这个话头只好撂下。张鼓师的鼓打得很好，什么"韩信点兵""张飞赶船"之类，挺长的锣鼓套子，他的肚子里有好几十种。只是派上用场的时候越来越少，这些年里，到了节庆日子，或者办什么事情，谁会请人来敲鼓呢？他认识的同好，一个个老去，至于他自己，家里唯一的大鼓被他把鼓面打烂（当然，里面什么也没有）之后，一直不着迎新，偶尔打一打，都是用别人的，再后来打也不打了。

活到快八十岁时，又有人请他出山。原来县里有个打鼓的爱好者，已经建立了一支鼓队，又说动了一个耳朵背的管事之人，同意在广场划出一块地盘，让他们打鼓。张鼓师被请到现场，看见那里搭好了遮雨的布棚，又竖着几只铁柜，大一些的家伙，日常就存在里面，而鼓队的成员，居然有二十来人之多，再一问大鼓的价钱，居然很便宜，张鼓师便深感时事移易，又是感慨又是兴奋。这样他便重操旧业，当然这次只是自娱自乐，与谋生无关了。只是他不住在县城，不能常来，我赶上过他两次出场，那是很幸运了。

火与石

　　武断人心是人类的一项优良传统，想不继承也难。我有一次在朋友间说大话，宣称任何文章或书，只要里边有"人格"这个词，阅读的价值就算还有，也得打些折扣。回来后一查，自己写过的文章里，就有好几篇出现这个词，心想我的大话原来没有错。人对同类干出的坏事太多，把大家都吓到了，依据经验来归纳出一点先见之明，诸如"两人不看井""胸中不正则眸子眊焉"之类，是我们处理事务的基本方式，没有什么错，但要是相信我们的这种能力已经发达到一定的水准，或我们积累的经验丰富到足够的程度，或我们建立的理论已经充分有效，可以让我们指着一个人的鼻子说，他一定是那么想的，他一定会那么做的，那么这种信心的危险，至少在从前和目前，远远超过无知的风险。

　　我顽固地相信，"反社会人格"这个词及其理论，要比它所形容的某一类人，对社会的威胁大得多。我不拥有什么材料能让我去否认喜欢杀人放火的人有些共同的情感特征，以及情感特征都是有生理基础的，但是，如果说在心理上将人分门别类还不够让我厌恶，那这种分类指向的另一种危险，可足够让我担惊受怕。权力入侵人心的努力，至此又多了一个很好的理由，而且，从"MAO-A基因""单胺氧化酶"这些术语听起来，还是个科学的理由呢。

我知道的人，包括我自己，分为两类，一类是判官，一类是正在牙牙学语的候选判官。这些年来我妄度人心的热情下降了，因为陆续受到了一些教训，看来越是饱经世故，人就越是不太好意思以饱经世故自命。当然本性难改，一有机会——特别是我自以为的很好的机会——猜断别人，还是跃跃欲试，只不过比以前缩手缩脚了些，我还是那个霍拉旭，不相信天地间有我的哲学所梦想不到的东西，只不过我的哲学比从前略微复杂了一点而已。

导致这种进步或退步的诸多课程之一，来自与A先生的结识。他是我一个同学的父亲，这位同学很早就去了国外生活，我与A先生住得近，受同学之托，去探望过他几次。老单身汉的家，就够有资格零乱的了，老单身汉加上老工程师，家中的情景，可想而知。我在他家里每迈出一步，都得左顾右盼，生怕被我叫不出名字的东西电到或刺到。

可能是鳏居寂寞，也可能是A先生武断人心，以为我有资格欣赏他的成就，反正是在第三或第四次拜访时，他就向我展示他的热情所在。A先生是……我不知道这项爱好的正式名称，就称之为灾难模型爱好者吧，他让我看的第一个模型，是一个火灾的现场。

"太像了。"我一边喃喃地恭维，一边偷偷四顾，寻找夺路而出的通道。

A先生被我的恭维感染了，脸上泛红（也可能是被照着这个模型的红灯泡映射到了），搓着手，歉然地告诉我，窗口的烟雾和楼顶的火舌都不够逼真，他本来做了烟雾发生器，但体积太大，用不上。

模型放在一个大木盘上，除了楼房，还有街道、路灯、树木，甚至还有一只邮筒。消防车，消防员，黑色的水管和白塑料丝做的水柱，奔跑的人，张望的人，衣冠不整的人。木盘的中心是个四层楼房，足足有三尺高，A先生掰开一处墙壁，让我看里面的房间。"这里是起火点。"他解释说。这个房间的上面，有人正从窗口探身，看样子是想下跳。

A先生给模型接通电，模仿黑烟和火苗的布带就飘动，我猜里面有小电扇在吹着。有些窗口被照亮了，让我难忘的是其中的一个，从外面能看见一个母亲正督促一个小男孩做功课，丝毫不知道A先生对她的楼房所做的事情。

可能是觉得这个模型还没把我吓够，A先生又给我看另几个模型，有两个还在施工中，已经完成的，我记得有一个空难的现场，一个泥石流冲毁村庄的场面，还有一个是地震。我有过一点地震的经历，所以对最后这个模型看得最仔细，而且它也是最大的。可能是因为布局太大，它也是最少细节的，但也足够让我浮想联翩。

我问A先生，做这些模型用了多长时间。A先生说，他发展这个爱好，快二十年了。地震这一个，前后用了六年才完善。"了不起。"我由衷赞叹，多嘴多舌地说："还可以再完善一些。"A先生一兴奋，我就得意了，继续愚蠢地说："比如可以加上声音。"A先生大为同意，可到哪里找声音呢，那时还没有计算机，我就说也许可以到电影里找。

我有个大学同学，那时在电台工作。有一次吃饭时，我莫名其妙地冒出一句："你们那里有没有什么尖叫、惨叫之类的录音？"

同学低一低头，让怀疑的目光从眼镜上方，不受妨碍地射出来："你要那个干什么？"

在那一瞬间，我岌岌可危，因为在M的哲学所梦想到的一切中，我不该问出这样奇怪的话。

我所谈的癖好或业余爱好有三个标准：热情，精力，成就。Ａ先生的爱好，毫无疑问地入选。不用多问，看一眼他的模型，就知道他在这上面花了多少心血，看一眼那些细节，就知道他的热情的温度。我记得不久后的一个夜里，被消防车的笛声惊醒，心里便想，这不会和Ａ先生的热情有关系吧。然而并没有关系；Ａ先生终其一生是个温善的人（没几年后他就去世了），如果我们评判人是以其所作所为，而不是所思所想。但假如我在某些方面的信心再坚定一些，我就会难以避免地认为，Ａ先生或者是已经做过什么坏事，或者是随时要做点什么；没有什么事实可以改变我这种想法，我会说"谁知道呢"或者"假以时日"之类的话，让一个人无以自辩。又据Ａ先生说，有复原灾难现场的爱好的，不是他一个人，我相信到了如今的互联网时代，同好者更容易建立联系，说不定已有了协会或ＢＢＳ之类的交流机构。那么，当时的我，可能会把他们视为一个准犯罪组织，现在的我，则祈祷他们中间可不要出一位真实的罪犯（尽管从概率上说那并不稀奇），因为那样更会加固人们的某种信念。而信念是不会停留在个人的胡思乱想中的，我们可以回忆一下"武断"一词的出处，《史记》里说的"以武断于乡曲"。武者，权力也，我们对与己不同的人是如此地不放心，恨不得把他们都监督起来，至少也给他们点药片吃，要做到这点，非有武者不能行。所以，在我现今的哲学的每一个梦想中，都少不了某一天，人们身上要插上传感器，或者，换上透明的颅骨，以配得上那样光明的未来。

下面要谈的爱好，与前一个没有关系，至少当没有传感器，我不知道自己是怎么想到它的。就当是人心叵测的一个例子吧。我有一个前同事，喜欢搜集石头。我在他家楼下住过两年，知道他的嗜好，但一直没怎么留意，直到有一天，我要渍酸菜，找他讨一块石头来压缸。他被我的请求气得语无伦次，带我到他家中的一个房间，让我"看看这都是什么石头，怎么能压酸菜"。

我曾在阿拉善盟路过一个买卖石头的市场。类似的市场，这些年里见过些，我住的城市里就有一个，但如此规模的，还是仅见。我去的时候，生意清淡了，但那么大的地盘，那么多的架子，可以看出曾经的繁荣。一些生意人还苦守在那里，看见我过来，迅速打量一下，便失去兴趣，他们眼光老到，一秒钟就看出我身上没有集石人才有的贵气。我在那里转了半小时多，想弄明白为什么有人会买这些很不平整的石头。

从前同事那里，我得知有个词儿叫"奇石"，他家里满满的都是奇石，一等的放在架子上，末等的垫桌脚，最小的只有豆粒那么大，最大的有一千多斤重，放在收藏室的中央，正对着我在楼下睡觉的地方。先前我以为他的爱好与地质学有联系，这时知道非也，这些石头被他相中，有别的讲究，比如那块最大的，他让我看正面的花纹。我看不出什么花纹，只见些模模糊糊的、像是被水泡出来的痕迹，那种我们常在乡村厕所的墙壁上看到的随机图案。同事说，这是一幅画，给我指示哪一块是山，哪一处是水，哪些是树木，哪个是亭子，要是我没记错，还有两个隐士和一头驴呢。他这么一说，我也越看越像，同时十分佩服他的想象力。

我所说的爱好，是没有利益动机的。我的同事就是如此，那时他的收入也不高，为把这些石头搬到家里，花了不少钱，包括贿赂单位的司机，以使用公车。他向我夸口某块石头值多少钱，某块又参加过什么展览，但让我焦虑的是，他从来没有卖过石头。我和他趣味不同，觉不出他的石头有什么奇处，但对他的热情很是佩服。每次听到楼上的两口子吵架，我就感叹知音难觅。还有，一到周末，他就消失，直到我们听到楼梯上沉重的脚步声，知道是他搬着宝贝回家了。

与他有相同爱好的人有很多，后来我又认识一两个，这时大家都有汽车了，可以去很远的地方，搬很沉的东西回来。便有一个熟人，约我一起开车去内蒙古的某个地方拣石头。此事说了两三遍，也未成行，主要的原因，是我动了小心眼儿，琢磨我对此道一窍不通，最后的局面，肯定是他负责拣，我负责搬，这我可不干。

那次在阿拉善盟，出了石头市场的第二天，路过一个河滩，眼见地广人稀，石头成堆，想起此事，便下到半干涸的河道里，动手来拣。这不是我第一次拣石头，但以前都是挑圆的，挑中的时候觉得奕奕夺目，搬回到车上，第二天再看，不过是些顽石，就都扔掉。这一次我认了真，照着在石头市场见到的模样，在河道里走了足足两小时，一块儿也没找着。虽然没找着，但体会出了乐趣，比如远远地看着有什么异样，走过去就找不到了，前后转几圈，再回到原来的地方重新打量，是非常有意思的，还比如翻起一块土埋半截的石头，心头无论是惊喜还是惊怒，都乐趣十足。

其实也不是毫无发现。我找到一块非常奇特的石头，我虽是外行，也看得出它相当宝贵，何况还有两只蝎子把守。就是太重了，搬不动。不过我记住了那个地方，将来会写在遗嘱里。

经济人的雅好

W君一身都是宝。

这么说有些不敬，又一想，W君十九看不到这篇文字，说了白说，这个便宜不能不占。况以我们的交情，他便知道，又有什么办法，难道要再送我些茶叶吗？检讨内心，也没什么不敬，只是"一身"一词近谑，我是知道的，也许谨慎的说法是"W君一家都是宝"，可那样说又不好玩了。且他的宝贝，虽宣称是身外之物，在我看来，不免是身心的外骛，便越在外服，也是他的地盘，修身齐家，本来就是混着说的。

话虽如此，总有些惴惴，好吧，便改说"W君一家都是宝"，——这也是实情，我去做客，坐下或站起，他一定要拿眼睛盯着，提防我压碎了什么，或触碰到什么他不放心我去触碰的家珍。他家里的好东西，可谓"琳琅满目"，要什么有什么。今年深秋，在太行山中见到满树的野柿子累累如珠，红得耀眼，一时心爱，要恭候"摽有柿"，又没那个耐心，于是向W君借工具来打，果然积善之家，必有长竿子，一讨便有，一击便落。我本来不吃柿子的，一个月来，比屋而封在家中，便将来吃，一边吃一边想，古人拿这个东西当粮食，果然没有错。这是不可不感谢W君的。

我和W君本是老相识，中间多年不见，再见时，他已是面团团地在喝茶，纠正我说，这不叫喝茶，叫品茶。我对茶叶是一点意见也没有的，对W君或任何人的这种爱好也没异议，但对他们描述这一爱好的语言，以及总结出的一些理论，却有些腹诽。这有点像传统绘画，本身很好的，但那些画论，真是读不得，况且一种画法自冠以"国"，还挺高兴，断非我想象中的艺术家所应有的脾气。茶亦如此，若不是我们喝酒的人抵抗，怕早就成为国饮了，所以那天我一边"品"一边想，自古茶酒不两立，这么说总是没错的。

座上有七八个人，用的器具是——姑隐其名称——某种陶器，我说我不用这个东西喝，问为什么，我说有拾人余唾的嫌疑，大家变色，然后强笑，我便知道又说错话了。只有W君认为我是可以改造好的，事后居然送我茶叶，还请我去他家参观学习。这又是不可不感谢W君的。到了他家，W君自然又要请我喝茶，喝真正的好茶，他有一块大抹布，还有一个大案子，那案子是通自来水的。在他预备之时，我踱到书架前，先闭上眼睛，跟自己打了一个赌，睁眼一找，果然便赢。那一年赌运奇佳，可惜都是自己赢自己。

我找的书是和《周易》相关的，一找便找到三四本，易与人生、易学发扬之类的名称。——我绝非认为，也绝不敢认为以品茶为爱好的人，必伴有对易学的爱好，或这一倾向有多么显著，只是，在我私人的小数据库里，这种机会不大不小，恰足以让我下注。反正这一次我赢了，转身向W君说："您还研究这个？"听到研究二字，W君快活而谦逊地说，只是玩玩，只是玩玩。但据此日和日后的观察，一说到《周易》，W君和他的多数同好一样，是要顿时魂飞魄散的，往往跌足长叹，以为上古的法术不传，以致神机杜默，我们再也听不到了。

这里要说明一些事情。说到人的倾向，稳妥一点，当使用有统计意味的表达，这并不是说你我手中握有"爱茶的人中，爱《易经》的概率要比在不爱茶的人中高出百分之二十三点四"这样铁板钉钉的数字，而是诉诸概率，本为人类处理经验的基本模式。自觉是这样，不自觉也是这样，不管经验有多狭窄，总要勉力从中提取日后处理事务的借鉴。开明的人，能主动地提醒自己，不要轻易地登泰山而小天下，而以扩展经验为务。豪迈者则懒得如此约束自己，但若有归纳的机会，不会放过的；古典派的父母教训孩子，特别是在生气的时候，动辄便说"三岁看老""你将来算是完蛋了",斩钉截铁,不留余地,不管孩子的感受,也不管自己的论断从何而来,若日后孩子或竟不证他的预言,也毫无羞愧。

东汉时流行品鉴人物,比如看见这个人在席上这么一动,便见微知著,声称此人现在如何如何,将来如何如何。这中间也有有洞察力的,却往往将细致的观察隐藏起来,而装神弄鬼如蒙天启,风气一起,大家都有样学样,评一百人,只需蒙对一次,便坐拥识人之名声。这种方法的毛病,是将临时的观察和总结,抬高为理性运算的结果,而又从来不肯依照后来的验证,放弃或修正自己的理论,于是大量来路不明的格言和论断充斥我们的语言,引用起来方便之极,反驳起来麻烦之极。

统计意味的表达,"更有可能"之类,并不是否认人类行为有深层机理,也不是要放弃探索,只是当把握不大之时,不要那么胸有成竹,以免绠短汲深之讥。比如W君对茶的爱好与他的其他爱好以及日常行为的联系,只能说是莫须有,既然说不上来,不如不知为不知,避免使用"内在""深层""精神结构"之类的术语。而且"精神结构"这东西,就算有,也是将来的人的麻烦,咱们现在的人大可敬而远之,不必一有看不清楚、想不明白之事,就塞到里面,不再管了,把个挺有面子的对象,当地下室来用。

说回来，本来古人更看重龟卜，所谓筮短龟长，连《易》的《系辞》里不也说"定天下之吉凶，莫大乎龟"么？但龟卜有一个毛病，要把占得的话刻上去，留待事后验证，这种实证精神虽然可佩，难免自诒伊戚。幸好还有蓍占，卜之不吉筮之吉，把话说得暧昧些，就不用很担心，像《左传》里史苏的占卜，怎么说都不会错，于是法天象地的乌龟，身列四灵，只好沦落到给人捉去煮汤了。至于《周易》，极有价值的典籍，很不幸地成为某类脑筋的逋逃薮，且早已如此。理性是违心的，知识是辛苦的，理性又需要知识，知识又要学习，学习需要勇气，勇气需要道德，道德需要自省，要回避这些庸俗的事务，还有比"舍尔灵龟，观我朵颐"之类的话更安慰人的吗？我们虽然生活在现代社会中，但正规教育不足以让我们觉得自己与这个世界的联系是坚实的，或者说，不足以使我们的某些天赋能力，主要是那些最珍贵的，有适当的用武之地。这些天赋没有恰当的表达，往往便以奇异的姿态呈现，比如说，对某些人来说，越是虚幻的，越是坚实的，因为那不会在验证中受挫。

我知道 W 君是曾做过股票生意的，便向他请教，听人说股票有好几百万支，如何知道当买此而卖彼，想必是钻龟揲蓍，深得易占之力了。W 君摇头说，并非如此，那个还是要买书看报，观察思考，等等。我便说，家有神物而不以日用亵之，真是高人啊，佩服佩服，然而难道就不曾动过心思吗？W君老实说道，不会算，就算会，也不敢用。我更加佩服，盖将爱好与日常生活隔离，W君是个榜样，他虽然对《易经》爱得深沉，一涉钱财，头脑立刻清明。于是想起孔子当年的抱怨，"吾岂匏瓜也哉，焉能系而不食"，竟是不解风情，君主亦如W君，不任用他，是对他老人家的保护。

W君的另一个爱好，是摆弄些人或称之为古玩的东西，"古玩"在这里是不恰当的词，但我实不知如何概括。比如他喜欢戴一长串珠子，红红的，常为此敞开胸怀，像是刚做完心脏手术，这东西玩则好玩，古是不古的，头几年还长在什么洲的什么树上。他还有好几只小核桃，据说也是宝贝，自从我发表了"此物可食"论之后，就不许我碰，自己则搓来搓去，看来一直要搓到皱纹里全是污秽，且渗进去，不用再担心有人会吃，才肯住手。这些都是小东西，他真正的心爱之物，不是瓷的，就是木头的，反正都是不怎么导电的，他将这些东西细心摆放在周围，将自己从现代文明的粗俗里保护起来。——当然他也有金属制的东西。一个夏日午后，他邀我去家中喝茶解酒，一进门，先扑向一件铜器，用手去摩挲，我初以为这是某种除秽驱邪的仪式，请问后才知道，原来他新得此物，急欲褪去其"生气"，所以用出了汗的手掌来加速其成熟，至于那过程是氧化、硫化还是氯化，我俩都说不清楚。我便恶毒地想，我在场时用手，旁若无人，说不定还用脸呢。

W君说，他本来也无这些爱好，因为做生意，与人应酬，渐渐地浸染，渐渐地体会到其中的乐趣，且以此交结客户，事半功倍。我听了便为他高兴，爱好而有利于事业者，本就不是很多，W君灵台清明，着实让人放心。比如说，W君当然是热爱中医的，他有糖尿病，喝酒之前，便向肚皮扎一针胰岛素，而不是服用黄芪汤、地黄引之类。

最近，W君又增添了两种爱好。第一种是养金鱼，我看了他的金鱼，说此物一声不吭的，何不养猫乎，庶几两便。W君嗤之以鼻，说我性格太躁，原体会不到个中乐趣。我忽然觉到W君的安详，顿时惭愧，又悟到世上的事务，没几样W君是认为与己有深切关联的，不像我常在那里瞎操心些——按他的标准——与己无干的事。第二种，是对艺术品发生了兴趣，当然，他喜欢山水画，当然（这是第二次用这个词了，至少本文中，是在或然的意味上用这个词，如前所说，没有必然之义），他喜欢尖尖的山，雾气笼罩的水，水边或舟上有个高人，远远在从事自己的爱好，画上再题一句诗，"不如拂衣且归去"之类。我对艺术一窍不通，但文艺连称，我即弄文，他便误以为我总要懂些艺术，向我泄露他的趣味，说是看这样的画，便觉茫茫天地之间，心与身浮，"不定就是定了"。我不懂他的哲思，便说那就画很多很多的水，要山做什么，他说好看，我便说你当去东南，那边尽多这样的山，W君说已去过了，真的好看呀。

W君还有几种爱好，不一一。写到这里，忽然想起曾说他是个大全乎人儿，就差练武术了。如今更要劝他去练武术，对身体好，且我写了这些文字，本该怕他生气的，他若练了武术，我就不用怕了。

咖啡与茶

偶见一张百年前的咖啡馆广告。除了承烟厂委托"优待入场顾客,购买老头、三七牌香烟真便宜,只有一次,良机勿失"之外,还有国戏上演。想象一下,那得有多热闹!真希望我身边有热闹的咖啡馆,壁纸破烂的,地板有洞的,桌子咯吱响的,杯子带缺口的,空中香烟缭绕,口沫横飞,弥漫着烛油和沥青的气味,偶尔还有杯子飞上来,座椅有三分之一倒在地上,还有三分之一上面站着人,因为激动,他们必须离地面远一些。曾几何时,咖啡馆是下等人麇集的地方,鞋子上沾着胡同里的泥,袖子挽到胳臂肘,大声叫嚷,面庞发红的程度,不逊于隔壁酒馆的顾客;要不就是窃窃私语,不是因为喜爱安静或有教养,而是在密议可怕的事。在伦敦、巴黎、波士顿这样的地方,革命从咖啡馆发起,阴谋在这里产生,城市的事务在这里辩论,愤怒的妻子到这里吼叫缺勤的丈夫。不是说没有安静的咖啡馆,或者咖啡馆没有安静的时刻,不然,就无法解释伏尔泰在这样的地方写完他的哲学辞典，无法解释有那么多的作家、画家和音乐家，在咖啡馆中构思大作。但我宁愿想象，即使最安静的咖啡馆，也酝酿着最不安静的情绪，一个独自出神的人，说不定在想着什么惊天动地的事，两个情人低头聊天，谁知道会掀起什么样的波澜？

好些年里，我进入咖啡馆的次数寥寥无几。咖啡太贵了，气氛太肃穆了，地板太光滑，让人不得不赶紧坐下。现在好了，咖啡馆只是平平常常的地方，我们的社会有多光明，咖啡馆就有多光明，我们的社会有多安详，咖啡馆就有多安详。早年的时候——这里，"早年"指的是八十年代，我们还想着也许会在这样的雅致所在发现一位莫里哀，十年之后，见到的只是汝尔丹，又十年后，连汝尔丹也不大有，有的是你我一样合格的公民，合格地走进咖啡馆，叫一杯合格的咖啡，合格地坐下，把它喝完，用合格的钞票付账，然后一声不吭，合格地离开，回到合格的办公室，做些合格的事情。咖啡因呢？咖啡因哪里去了？那苦味的生物碱，能让牛羊打战，难道不再能在我们心中引发一些不安，一丝丝从全身各处聚集，最后像块垒一样积在上腹部？曾被称为黑酒的液体，莫非失去了魔力，还是我们的心脏被训练得太平稳了，不会理睬那由十四个原子构成的小东西？曾给贝多芬六十种灵感的化合物，就不能在我们这里搅起一点慌乱，而任由世界的色彩依旧，节拍依旧，可喜依旧，可悲依旧？

扯得远了，——本来要谈的是"业余爱好"，在本篇，便是咖啡之作为一种爱好。这里的"爱好"，指的不是"我爱打麻将"之爱，除非你买了一堆打麻将的书（假如这样的书存在的话）；钻研概率的学问，不是"我喜欢照相"之喜欢，除非你卖掉房子买了一大堆镜头，见到什么东西都用手指围成一个方框来比比画画；我指的是那种贯注着深沉的兴趣和不知从哪儿移过来的热情的爱好，让人长时间（而且很可能花很多钱）地沉迷，认真地自我训练，最后带来很有成就的感觉。喝咖啡不是我所说的爱好，巴尔扎克自称一生喝了三万杯咖啡，不是在咖啡馆，就是在去咖啡馆的路上，他爱的是咖啡因"对内脏的煎炒"，但把一杯杯煮出的咖啡倒进胃里，需要多少技艺和知识呢？

我所说的爱好者，是近年才有的事。遥想当年，心怀高远而面有菜色的人听着漂洋过海而来的"美酒加咖啡，一杯再一杯"（顺便说一句，这真是非常奇怪的搭配），像看到了美好生活的帆尖，那时，谁知道自己向往的，竟是一种浓黑的苦水呢？有一张照片，摄于二三十年前，一个看起来相当穷苦的中年男人站在霓虹灯下的咖啡馆的大玻璃窗外，谁看了这张照片，都得心酸地琢磨，这个人想的是什么，是阶级斗争理论，还是如何获得可回收物资这样一类实际问题，还是"做人要做这样的人"的有益于民生的个人抱负？当然，故事的结局是美好的，他通过奋斗，开了一百家咖啡馆，自己每天喝四十一杯咖啡，比伏尔泰还多一杯。——又扯远了，且说等到我们那一代人当中的大多数，当真喝到咖啡时，最先尝到的是"味道好极了"的速溶咖啡。大概要再等十年，才有丛生的咖啡馆（那张照片便摄于这个年代），里边的咖啡品质，按现在的标准，并不高明，又卖得很贵，不过这没什么，因为这些咖啡馆多是商务性质。然后一晃便到了"近年"，连咖啡也有了"第三次浪潮"，连我这样的土包子，也知道了什么叫卡蒂姆，波旁不只是采邑的名字，原来咖啡里有一百种香气，其中九十九种是吸烟者没有办法识别的。

七十年代，首先在北美，在兴盛于五六十年代的社会运动的退潮中，兴起了speciality咖啡，其实就是好咖啡。Speciality这个名字，让人觉得与众不同，即使做得和别人一样的工作，闲暇时的追求，也够使自己可观，它还令人觉得并没有在任何方面退却，反而向成熟、精致的方向迈进，这个词给翻译为"精品"，——非常好的翻译，拥有speciality一词的特殊气质，又额外散发广告的香气。精品的咖啡，精品的内分泌，我算了一下，如果不计买咖啡豆的日常开销，花费不到一千元，就大致能迈过精品生活的门槛。

一个成熟的爱好者，不会向外人谈论自己的事务，所以，坐在你旁边的人，看起来与别人没什么两样。科长进来时，他不是第一个站起来的，也不是最后一个，但你不知道的是，他家里的咖啡壶，少说也有六七八把，还有探针式温度针、电子秤、量杯、多种过滤装置和一个怨气沸腾的妻子。另一个看着地图也分不清山东和山西的人，却熟悉哥拉贝萨、胡安喜多之类的一些村庄的名字，只是因为他不会把这些事挂在嘴边，你便无从得知他在某一方面的惊人知识，比如92度的水和87度的水对人生的不同影响，你知道吗？他知道。第三个人偶尔说漏了嘴，提到"虎斑"之类的名词，你趁机插嘴，炫耀对哺乳动物的知识，他才不会纠正你，而只是默默地记下来一个故事，以后与自己的同道分享。

我自己不算这样的爱好者，不仅是因为我花费的时间和金钱微不足道，热情也微不足道，主要的原因，是我只是一个人在家里鼓捣，没有同别人交流过，没有接受过指导，没有指导过任何人，更没有参加过比赛。我说这些，好像在把爱好者形容为怪人，其实不是的，我对于对任何事情（谋杀之类的事除外）有深切兴趣的人，无不怀有敬意，特别是将兴趣用于与职业无干的方面的一批人，更不用说，林林总总的爱好者组成的人群，确实让我们的社会结构更不单一，并因此更安全。当然，我们可以稍微嘲笑一下别人的特殊兴趣，特别是那些似乎过于沉迷的人，但转念一想，一个人能够找到让自己的才智派上用场，让自己的热情无害地燃烧，不用去踢寡妇门挖绝户坟也能获得纯粹的快乐，是多么可祝贺的事情，无论是对他还是对别人。

有一个咖啡因不耐受者，一有时间就冲咖啡，每得一杯，自己只敢喝一口，其余都倒掉。除了他的妻子，谁有资格责备他？他确实有些烦琐的讲究，那又怎么样，他只是拿这些来麻烦自己，而没有去限制别人的行动。说到这里，我想起了茶的爱好者，发现我给茶留下的篇幅太少了。我想起以前嘲讽过喝茶的人太讲究，我是错的，不要说很多人确实拥有我所没有的敏锐感官，便是偶有被风气所扇，让自己的喜好和对事物的评价受人左右的人，那又怎么样？对事物细节的兴趣，总是好的，如果一种习俗有助于让更多的人发展细微的感觉，屈服于这种习俗不是什么坏事。由此说来，假如一个人宣称能喝出原料出产地的海拔，我该做的事不是暗中发笑，而是真诚地恭喜他，将人的某一项天赐能力发扬到常人所难至的程度。

我不是茶叶的爱好者，但有幸旁观饮茶者的快乐，我也真为他们高兴，何况茶馆，某一些茶馆，仍然是热闹的。然而不得不说的是，有一件事，我是永远要嘲笑的。在爱好喝茶的人当中，有某一种倾向的人，也许只有百分之一，但他们的声音如此响亮，走到哪里，都能感觉到他们的影响，那就是将喝茶当作制造混乱的机会。如果你听到一个茶客把"文化"二字挂在嘴边，离他远一些吧；如果你的附近有十个人经常在喝茶时说出"博大精深"之类的怪话，赶紧搬家吧；如果你走到哪里都能在喝茶时听到"心"这个词，趁早自杀吧。这些人把墓地的气息注入清新的茶叶，实际上，当他们的手触碰一株茶树，茶树就腐烂了，他们拿起一只壶，流出的不是白水，是陈年的高汤，溶着至少一千年的肥料。

我仰慕爱茶者的，还有一样是他们对器具的讲究。比如茶壶的形制之多，构造之巧妙，形状之漂亮，冲咖啡用的鹅颈壶见了，只能缩起脖子。这些器具摆在架子上也很好看，琳琅满目，当然也很费钱。一种爱好，能使人忘我，便是好的，能让人忘家，那就更好了。（至于忘天下，应该也是好的，但恐怕只有酒徒才能做到。）

党同伐异要不得，其实，有爱好的人，尽管所爱不同，最容易沟通，因为都有闲暇和热情，都讲究趣味。我的一些好朋友是爱茶者，最近我正在诱导他们喝咖啡，他们先曾用茶道感化我，慷慨地赠送了我不少茶叶，我用这些茶叶做了一个枕头，帮我进入芬芳的梦境。不过我有一次说走了嘴，已有好长时间，没人送我茶叶了。

恶习，爱好，难民

抽烟是彻头彻尾的恶习。我抽了三十多年烟，冲云破雾，也没找到一句遁词，能给这种行为辩解。在市面上，连杀人放火，地位都要比抽烟高一些。那些人之大恶，如果不是每一种或每一次，至少也是很多种很多次，享有孜孜不倦的辩护人、光彩夺目的辩词。而抽烟呢，我固然听到过些曲折的辩护，但平心而论，同为强词夺理，于此格外地虚弱无力，令我只好承认，抽烟有百害而无一利。——如此纯粹的坏事，世上难找，也许是因为这个，抽烟有时倒令人洋洋自得。

人为什么抽烟？我十几岁的时候，头脑中出现过的问题，要属这一个最深刻了。看着成年人，以及少量同龄人，把一个小纸卷含在嘴里，用火柴点燃，喷出恶心的蓝色烟雾，心里难免有些自命不凡，因为很确定地相信自己不会沦落至此。四十年后，我对那一问题早已有了答案，有时不无遗憾地想，其实用不着抽烟，迟早也会明白里面的道理。我学会抽烟，是在"文艺复兴的八十年代"，那个时代的金光灿烂，在我这里，被烟草的颜色污染了。对早期吸烟的记忆，没一样是美好的，比如捉襟见肘地克扣日常用度，又如在寒风中鹄立街头，等着找人借火，——那是火柴年代，那是不禁摩擦的火柴年代，那是潮湿苍白的火柴年代；不过偶尔，借火的时候，会将对方的烟头粘连虏获过来，那是少有的成就了。

今年夏天，英国有首流行歌曲，名叫《恶习》，——我已经过了欣赏这类乐曲的年纪，不过里面有句歌词，让我氤氤氲氲地叹了口气。"恶习使我独对深夜。（My bad habits lead to late nights, endin' alone.）"人们猜测这首歌写的是药物、酒精之类，是什么都一样，马无夜草不肥，人无恶习不立，特别是有些恶习，确实能让人从做只好罐子的压力中解放出来，——只是有些，另一些只会伤害别人的恶习，往往被视为美德或英雄行为，变得不那么有趣了。

接下来，刺眼的问题是，抽烟能成为一种爱好吗？半个月前，我会说当然不会，压根不可能，丝毫不沾边。

五个星期之前，感谢朋友的引导，我改抽"电子烟"了。（这里加上引号，因为很多人认为自己吸入以及吐出的不是烟，是雾，有点像古人说的吸风饮露，餐霞吐雾。）两个星期之前，我不小心来到一个抽电子烟的人的网络论坛，大吃一惊。

人类社会有两种中心，一个是权力，一个是自己。我有个朋友，却认为这些中心都是幻想出来的。他在自己的圈子里很有名，参加一个比赛得了冠军，坐火车回家，一路上总觉得别人在看他，又是欢喜，又是不安，一路盘算成名之后的生活，构思如何回应陌生人的微笑，还准备了些俏皮话。然后发现，他的小世界，在外人那里，如果存在的话，也不过是不起眼的角落，而他自以为然的那些注目，或是境由心生，或者是因为他穿反了衬衣。朋友自我检讨之后，感叹道：世界果然是"各向同性"。

　　我到了前面说的那个论坛，也有他的感觉。有点像故事里的小孩钻进一只衣橱，却发现一个世界。那么，这个世界有多大呢？我计算了一下，这个论坛（我相信它只是若干同类网络社区中的一个）的话题，一共有六十多万个。

　　是的，有这样一群人，在不到十年中，讨论了六十多万个话题，而外界对此一无所知。其实，只要我们向随便什么地方多看一眼，总会有这类发现，这类发现能让人在某一方面的信心有所动摇，比如让人觉察到，通过自己的经验，以及通过公用的抽象得到的对世界的认识，并由此产生意见、态度，这一过程中忽略、抹去了很多人类生活的细节。这里说的"产生"，是恭维自己的话，绝大多数时候，我们只是选择别人的意见和方针来拥护之，至于这些方针究竟影响到哪些人，影响到什么程度，我们越是不知道，越是满不在乎，越是坚定。

我来到那个地方，是一时好奇，追踪一个新词的源头。这个词是"shinyitis"，意思是那种亮晶晶、滑溜溜的小东西，便于在手中把玩，不停地有新的样式，让人总想购买的当代技术产品。我抽纸烟的时候，买了一大堆某种打火机，当属此类。这个词是这个论坛的人发明的，指的是电子烟，或"雾化器"，品种繁多，日新月异，让人买个不停。我见到了讨论"shinyitis"的一个话题，只是一个话题，它有六千多页。

六千多页！我只看了一两页，没力气再翻阅，后面的内容，只能去想象了：想必是些自嘲的话吧，把自己的弱点暴露给人，给也有同样弱点的人，给容忍别人也容忍自己有弱点的人。六千多页！这让我想起到处可见的、总是在一起聚饮的小团体，别人从他们桌边路过，难免鄙视地想：这些人日复一日地聚在一起，说呀说的，却都是些胡言乱语。是的，我所在的几个这种小圈子，胡扯了三十年以上，如果印出来，也得有几千页，但都是些个车轱辘话，——说什么不要紧，要紧的是胡言乱语的机会，大家不是都说"要抓住机会"吗，说不定哪一天，圣人出，黄河清，抽烟喝酒之类的坏事，就再也干不成了。

我只在这个论坛浏览了几个小时，就发现，原来抽"电子烟"确实可以成为一种爱好。其中的细节，我也说不清楚，里面有太多的技术，涉及几十种五金工具，我一看到电烙铁，就退避三舍了，更不用说让人目眩的线圈，非巧手捻不出来的棉芯，等等。还有一批自制"电汁"的人，其中不乏真正的化学家，听他们用的名词，看他们的仪器，做出的分析，绘出的图表，就知道这些人是认真的。除了"爱好"，我不知道还有别的什么归类，可以置放这种热情。

原来，吸"电子烟"有好几种阶层。最里面的是这些爱好者，他们的设备都是很大的，吸的时候像在咬一只手雷，仰天而嘘，便喷出很大一团祥云，若说呼吸沆瀣、餐饮云霞的境界，他们是最接近的。中间的阶层像在抽一支打火机，而我这种，像在抽一支U盘的，属于最边缘的，完全不上道。这个论坛不是有六十多万个话题吗？讨论我用的这种笔状电子烟的分区，只有六百多个话题。

但用不着自卑。随便抽抽，不钻研技术，也不追求呵气成云的吸者（tootle puffer），有自己的专门话题，其中的一个，已有四千页了。庄子书不是说吗，吹万不同，咸其自取，本来大家各抽各的，谁也管不着谁。但既有专门的话题，看来还是有权威需要对抗，哪怕是在此地形成的弱的权威。郭象注《庄子》的时候说，所谓天籁，并不是别有一样东西高居在那里；话说得不错，然而在人间，总不乏高高在上之物，自以为囊天括地，管天管地，盘踞在人类事务的中心，弄得谁要是想做点有意思的事，都得远远地找个角落。

这个论坛是个热热闹闹的角落，大家聊得兴高采烈，我看了却有点心酸，因为摆脱不掉一种感觉：这里像个难民营。这么说夸张吗？我不觉得夸张。这里的人，身体都在"主流社会"，但和许许多多其他人一样，一部分活动，一部分个性，一部分精神，被驱逐或压迫着。就算里边有些人将其发展为爱好，也没什么用。

我这么说，读者会摇头道：他们抽烟啊。电子烟也是烟啊。他们危害他人啊。他们是因为恶习而付出代价啊。他们不是私刑的受害者，而是公法的被执行人啊。

我一点也不想替烟草产品辩护。那就是个坏东西。我只是好奇，对"电子烟"，人们为什么表现得如此激进。"电子烟"的害处来自尼古丁，但没有焦油，没有颗粒物，英国政府认为它的危害比纸烟减少了百分之九十五，——其实谁也没有精确的数字，且认为英国官方夸张了，害处没那么小，但总比纸烟小很多吧。在一个没本事禁绝纸烟的社会里，对于它的一种害处小很多的代用品，如此激昂地反对，在我看来，这就是激进。如果以禁绝烟草制品为最终目标，"电子烟"是使社会离之更近了呢，还是更远了呢？对于激进的人来说，这是个不值得考虑的问题，因为无论如何，"电子烟"是一种妥协，妥协比失败还要可恶，失败可以反衬教旨的光明伟大，妥协却令它蒙尘。

我还好奇的是，当今社会，是如何挑选进步的方案或入口的。从小处说，为什么吸烟遭到的反对，比喝酒强烈不知多少倍，尽管后者的危害明显更大？从大处说，为什么人们对碳排放的兴趣，远过于对遍布全球的政治迫害的兴趣，而那是即使空气没那么晴朗也是抬眼就能看见的？当然，我的这种好奇或迷惑，绝不构成对任何一种进步的质疑，进步就是进步，意义在于自身；但从整体上看，当代所欣然自得的社会进步，如果目标越来越新，手法却依然陈旧，还是不能令我这类人高兴起来。

禁酒之难，有个解释是喝酒的人太多了。但抽烟的人也很多。也许关键之一，在于哪一种观念更简洁明了，更容易传播，直到最后最容易争取权力的支持。我们见过，对复杂的头脑来说越是复杂的观念，对简单的头脑来说越是简单的，智者还在存疑的理论，早已变成了小学生的口号。另外，我们还在书里读到过，历史上最成功的禁烟例子，出现在八十年前，在一个欧洲国家。

这些事情以后再讨论。我要留出最后的字数说两句恶心人的话：第一句是，在我看来，当代对健康的关心，已经不太健康了。和前面说过的道理一样，对健康的关心，本身毫无问题，有问题的是这个时代，这个时代的人似乎宁愿生活在卑微、屈服、偶尔的欺凌与长久的被欺凌、偶尔的迫害与长久的被迫害的普遍状态之中，也要将健康置于极为优先的地位，似乎那样一种生活状态，只要过得久了，就能酝酿出什么甜美的滋味。第二句是，与吸烟有关的疾病，在死因表上排得很靠前，但这不是说禁烟之后，一大堆人就长寿了，它只会让排在后面的死因露出来，比如与超重相关的死因，这会让很多压秤的人很没面子，简直就是体重歧视嘛。

第二辑

——

离场备份

小心驶得自家船

爱好的最美好处，是它的私人特征。是啊，我们所说的爱好，至少有两个方面是和社团有关的，一个是获得赏誉，另一个是学习知识，但说到底，爱好的核心是自得其乐，是于无孔不入、无微不至的社会包围中，勉强维持一块私人花园。想一想，我们通常是怎么看待他人的爱好的，视而不见，懒得理睬，甚至将他们视为怪人、有缺陷的人，当然多半是无伤大雅的缺陷。这种隔离、疏远，甚至不见容，反是爱好者的福音，因为他需要通过个人倾向来与众不同，如果说得不那么肤浅，那便是通过爱好来树立一种姿态。在一定程度上，旁人越是皱眉，爱好者越是骄傲，大家越是耸肩，爱好者越是得意，——这种姿态其实是暗含着一种危险的，因为在将社会的否定转化为自我肯定的同时，他也向社会打开了自家的窗口。当然，我们都是社会中人，爱好者亦不例外，一个喜欢编织的人，在灯下移动手指的快乐时光，是他自己的，而织好了一件东西，还是要送给其他没有这种爱好的人来穿；尽管有这些接口，我们谈论的爱好，毕竟是种模拟的脱离方式，行为是模拟的，在精神中、想象中，脱离却是真实的，哪怕是短暂的一瞬。然而，如果一种爱好，当爱好者的想象被限制或者被驯化之后，完全可能变成相反的东西，变成一种进入、取悦社会，并在其中争夺地位的东山捷径。

　　一种有趣的姿态，是到公共场所去旁若无人。耍大鞭子的游戏，需要开阔的地面，很自然地，不大会在自家里进行。不过据我的观察，至少有一个游戏者，专喜欢到人多的地方去耍，考虑到这种游戏的猛烈，不得不说那是个有意思的倾向。我上次见到他，是在一个寺庙的台阶上，那地方一到傍晚，是全县的游乐场，因为台阶上下，各有一大块平地。他在通道上把鞭子舞得平地风雷，几丈内人不得近，——这是一种挑衅，还是一种娱侍？我不会读心术，无从猜测，若从姿态上看，他既像一个高傲的舞者，又像一个干进的侍者。其实这些不重要，他怎么想的并不重要，打紧的是，他是那个广场上的“一景”，他要不来捣乱，大家还要想念他，担心他生病。他的所作所为，早被我们美好而强大的社会，化为自己的装饰，他的鞭声早已悦耳，越是舞如疾风横雨，在我们眼中，越是光风霁雨，甚至尧风舜雨。

　　社会的一个伟大之处，是将个性的枝枝杈杈，行为的千头万绪，以及那些温良的不满和小小的反叛，统统化作自己的支持力量，就像"欹松异石"恰好是风景区的票价一样。这听起来不错，我们每个人都不介意牺牲一点所谓的主体性，不介意所有的牺牲在权力的沟渠中汇集起来，流向一个水库，不介意那水库高悬于头顶之上，只要我们得到身份上的补偿，只要我们没有被抛在游戏外面，只要我们有个不错的座位，欣赏那既像由我们共同创造、又像为我们而创造的场面。有人会说那是居易·德波式的场面，由索尔·贝娄式的碎片构成，但说实在的，谁在乎呢？我们喜欢自己"不同凡响"，在当代社会中，那是不难实现的，因为实现的方式，早已设计好了，丰富多彩，我们只要从中选择一种或几种，如果不满意，随时免费更换。当代人追求幸福，而幸福已经定义好了，还有自己的热线号码；所有的物品和生活方式，都印有幸福的分数，我们要做的不过是计算，如果有什么不清楚的话，我们知道打哪个电话来查询。

　　对于某些爱好者来说，这也许有点危险。我指的是那种想通过私人爱好定义自己之一部分的人，本来，他的爱好像一面魔镜，可心地报告说，他是一个美丽的人，然而在某种局面中，他看到的形象，却是在出厂时就已刻在镜中的。一个很好的例子是旅游。"旅游"和"旅行"一样，从词形上说古已有之，成为固定的词，是相当晚近的事。我小的时候，就只听说过旅行，没怎么见过旅游一词，虽然它所形容的活动，也是自古有之。翻开《文选》，诗赋中各有"游览"一门，"步出西城门，遥望城西岑"相当于我们的郊游，"遇可淹留处，便欲息微躬"像是远游，登山的有"践莓苔之滑石，搏壁立之翠屏"，下水的有"扬帆采石华，挂席拾海月"，这种带着趣味的旅行，到我初识旅游一词的时候，已经是特定的活动，特定到需要设旅游局来管理。

旅行会成为一种爱好吗？我不确定。旅游呢？我想是的。不是因为人们都爱旅游，是因为我知道有一些人，把这类特殊的旅行爱得火热，一出门就高兴，不出门的时候，也要看地图，设计路线，整理相片，整理纪念品，积攒资费，买鞋买帽，他们穿的衣服，都是有很多口袋的，多半还防水，哪怕是生活在非常干旱的地方。这些人一到饭桌上，总有办法把话题引到他的地盘来，大家随便说什么，都会让他想起"我去年在巴中的时候"，甚至"我前年在巴黎的时候"。——如果这不是爱好，那我就不知道什么是了。

我最近的一次旅游活动，是在安徽的一个"古村"。门票高达二百来个鸡蛋的价钱，可能是因为村里有两百来所白房子，彼此相似如鸡蛋，令人哀叹当代生活如此缺少精神性，以至于连稍"古"一点的遗留物，哪怕是极为平庸的，也要去花钱观赏。进村后的线路是固定的，有牌子指示，这里曾是什么大户，这里曾是什么银号，这里是曾经的水井，淹死过人的，这里是曾经的梳妆楼，没有摔死过人的，等等，等等。当然你可以自寻别径，但亦不出人家所算，走着走着，总会走到梳妆楼和水井，分别感叹一声，拍照留念。

我遇到了旅行团。在旅游的嘲笑链上，那是最末端的，不厚道地说，他们的意义之一是令我们这样的人感觉良好，当一次可悲的旅游接近末尾，看到旅行团，总能恢复写在说明书里的振作吧。不妨尽情地嘲笑他们头上的红帽子和手里的小黄旗，只要能令我们的社会运转通畅，不用担心他们的感受，他们另有嘲笑的对象（比如留在家中的人），正如我们也是别人的嘲笑对象。

不过这一次，我连这种功能性的、合法的嘲笑都发不出来，因为看得清楚，彼此实在没什么两样，大家都在同一条传送带上，身在别人制造的幻象中，又给别人制造着幻象，自以为是演员时其实是观众，自以为是观众时其实是演员。

在这方面，我的一个朋友比我有资格谈论。我戏称他为"5A爱好者"，因为他匆匆忙忙，要赶紧访问若干个所在，免得老来有遗恨，不得穷扶桑。按他的标准，我那一次的经历，很接近标准的旅游了，第一步是发现目标，——这其实是臭美的话，因为明明是目标发现了我，令我抬头便读到"震撼""大美"，低头又读到"世外仙境""不来就白活了"，如果谨慎一点，看看别人的评论，总不外乎"不虚此行"和"哎呀妈呀太好看了"。

于是我来了，你来了，他们来了，排队在同一条线段中。我们的新身份是游客，聚拢为花朵，盛开在新闻节目和统计报告里。时代给我们提供了工工整整的快乐，我们的回报是将自己裱给时代。来吧来吧，观国之光，曲曲折折地进了门，抬头看见高大的景致，每个人的下丘脑一振，啊的一声，一些好东西分泌出来，成分和浓度都是一样的。

等等，朋友抗议说，这样挖苦人是不公平的，因为假如一个人在一种活动中确实感觉到了快乐，那和这种活动的应制程度有什么相干？如果我喜欢松树长这个样子，偏要远行三千里地来看，这与我周围的人，与围绕这株松树的全部社会安排，有什么关系，又有什么可以非议的呢？我说，不是有社会学家举出"点头称是的快乐"嘛，实验室里的小狗不难将不被电击解释为幸福，何况还有奖赏呢。如果小狗可以训练到中规中矩，人比狗聪明许多，当更容易培养出尺寸适度的反应来。我的朋友说我在诡辩，实际上等于说我们永远没办法知道我们的快乐是不是别人定制的。我说确实不知道，但可以从迹象上推断，如果人们像磁铁下面的铁屑，都朝着一个方向露出一样的笑容，那肯定有不对劲的地方。

我的论辩漏洞百出，朋友后来的讲述却弥缝了些许。他的故事生动之极，我从中听出，第一，标准的旅游没有完结的时候。你迫不及待地把你拍的照片发在互联网上，没有完结；你写了一篇游记，没有完结；你时隔一年后在饭桌上发表回忆，没有完结。因为你参与制造了一件东西，一种叫旅游的东西，哪怕你，就算我吧，撞坏了头，失忆啦，摔坏了脚，走不了路啦，旅游也不会完结。第二，任何旅游都是标准的，你我当然可以做些脱离常轨的事，随意好了，反正是标准的。

我说这些不是在批评旅游（实际上我正盼着疫情结束，好去些可以尽情地购买门票的地方），而是谈论一种爱好正在面临的危险，当它的私人特征正在消逝，或者说，正在不知不觉中失去形状，而再重新凝固时，爱好者已经难于分辨哪些曾经是自己的需要，直到连这种分辨的意志也如笑出来的"泪水消溶在雨水中"。

旅游爱好者是非常受欢迎的，这是少见的情况。于是我把希望寄托在爱好者组成的社团上。通常，当个人难以抵御整个社会的热情之时，这类社团可以像个堡垒，至少暂时拥有自己的"内部"。我只于互联网上见过旅游爱好的社团，我只见过这些社团中的一小部分，尽管这些社团的倾向恰恰包含着有利于广泛推断的品质，我还是要谨慎地说，仅就我所见，没戏。

和彼特拉克一起爬山

　　登山是冠冕堂皇的爱好，登山又是流行的活动。和许多人一样，我虽不是登山爱好者，也颇爬过几次山，每回后悔之余，抚伤追想，为什么呢，图什么呢，除去祭祀、采药等一些实际的目的，人为什么要登山？

　　非实际的目的是哪一些？审美的？哲思的？我不知道。从高处下望或远眺，确实让人有些奇奇怪怪的感觉，至于这种感觉到底是什么和意味着什么，我不知道。孟子书里说"孔子登东山而小鲁，登泰山而小天下"，这里的"小"是什么意思，孟子也未必说得清。

　　孔子未必登过泰山。在汉代的一个传说里，他不仅登过，还从泰山顶上看见吴国都城门外的一匹白马，另一个版本说，不仅看见了白马，还看见了白马面前的草料。这故事连汉人也不太信，但可知古人所认为的登上山顶的一种好处，是看得远。后面要说的彼特拉克的信件，提到马其顿的腓力五世，在李维写的历史书中，他登上巴尔干山脉的高峰，远眺意大利，声称可以看到黑海和亚德里亚海。五台山的当地人总是说，从东台上可以看到海。很久很久以前，也许有恐龙看到过，人类则没赶上这样的福分，不过这样的传说是不会消亡的，因为它们关涉的不是事实，是想象和愿望。但那种愿望的性质究竟为何，我又不知道了。

我唯一一次认真的、难忘的爬山，是很多年前的事了。断其为"认真"，理由是那是一次标准的、兢兢业业的、心无旁骛的爬山，爬的是有名之山，沿着规定的路线，该瞻望时瞻望，该拍照时拍照，说它难忘，因为太累了。按说身体上难过些，从哲学上来说，自有精神上的愉悦来补偿，从生理学上说，也该有好东西从下丘脑或别的什么地方分泌出来，现在回想，有是有的，只是未必够本。不过人的习性，是不肯自认吃亏的，登上山顶时，将如释重负的松快及时转化为高贵的情操，凌晨来到崖边，而什么可观之物也没见到时，在心中恰当地制造出激动之情、飞扬之势，用不着刻意，随随便便就做到了。

我这么说，并不是否认爬山过程的美妙体验。是的，有许多好的感受，只是不能确定有哪一些是自发的，哪一些是约定俗成的。十九世纪英国作家塞缪尔·巴特勒写过一本《众生之路》，书里的一个重要角色，乔治·庞提菲克斯先生，打定主意只敬慕那些可敬的事物，而那种"可敬性"，不管是自然的还是艺术的，是与他一样的人代代相传到他这里的。比如，他一瞥见勃朗峰，非常标准地激动得"难以言表，喘不过气……不能动弹，直到眼泪涌出，才恢复过来。强迫自己不再凝视这壮观的景象，但觉得灵魂还在跟随它"。然后他去看勃朗峰北坡的一个冰川，当然也是著名的，在旅客留言簿里写了一首诗，里边都是"无瑕的白雪""金字塔般""无言的赞诵"等家喻户晓的字眼。又去过许多有名的地点之后，他总结这次"梦幻般"的游历，说道："一想到我曾住在修道院里，躺在那位拿破仑躺过的床上，就难以成眠。"——庞提菲克斯的自我评价显然与他见过的事物的崇高或著名程度有关，尽管那些事物之所以崇高或著名，和他一点关系也没有。

　　而我在什么程度上是一位乔治·庞提菲克斯先生呢？不知道。塞缪尔·巴特勒引用另一个人的朴素叙述，来和乔治作比对，那个人写道："我到了圣伯纳修道院，见到了狗。"那些狗是很有名的，所以这句话并不像听起来那么滑稽，而与"我上了泰山，见到南天门"等价。假如我去过泰山，写道，"我上了泰山，见到一个胖子"，貌似免俗，但却是矫情的，表演的，晚明小品式的，不诚实的；我还是会写南天门之类，因为那确实是我见到的事物中最重要的，但登泰山，只能如此。审美方面，也皆如是，越是名山大川，一路上可见许多题刊的，越让人对自己不大放心。至于哲思，或与之相关的情感，按标准（参看乔治·庞提菲克斯的自述），包括了敬畏和狂喜（在其世俗的意义上，至于信仰的甚或宗教的，非我所敢论），我对那种境界很向往，只是海拔一高，氧气一少，脑筋早不太转，所想不过是"到哪里租件棉衣呢"或"现在就下山算不算丢人"之类；不过又听说有人在缺氧状态下有些奇妙的念头，没体验过，不知道。

尽管对非功利的登山动机有如上的怀疑，我同时承认，这类动机虽难以辨认，确是存在的。也就是说，登山可以成为一种爱好，因为它确实带来乐趣，而这些乐趣可与功利无关，而且，虽然伴随着成就感，也并不必然地与之关联。说到此，中外有两个人给奉为"乐趣式登山"的鼻祖，一位是谢灵运，一位是弗朗西斯科·彼特拉克，而且原因也相同，不是因为他们果真登得早，而是因为他们太有名了，而且留有详细的记录。

那么本篇为什么不题以"和谢灵运一起登山"呢？他的排场太大了，正史里记他"凿山浚湖，功役无已……尝自始宁南山伐木开径，直至临海，从者数百人，临海太守王琇惊骇，谓为山贼"，所以随他登山，不过是成百名随从之一，一路上恭维凑趣，弄得不好还要干力气活，——这是真的，他自己在文章里写"陟岭刊木，除榛伐竹"，虽有开辟之功，肯定是不会自己动手的。

　　彼特拉克之登凡图山，同行者只有他的弟弟和两个仆人。在给友人的信中，他相当确定地说："我唯一的动机，就是想看看如此攀高能带来什么。"雅各布·布克哈特关于意大利文艺复兴的那本巨著太有名了，以至于里面的许多观点差不多成了定论。布克哈特将彼特拉克的这次攀登，定为"发现自然之美"的一个标志性事件，不过按彼特拉克记录此次登山的信件，这事似乎又有点拿不准。

　　彼特拉克爬得很辛苦，想走捷径，又总是走得不对，坐在谷中喘气，激励自己说，今天的经历，正如人生，追求圣洁不仅仅要停留在心愿上，还得步步努力啊。——这种寓言式的联想，在今天看不算高明，对十四世纪的人，完全可能是诚实的。反正他这么一想，就来了力气，三下两下就爬到山顶。

　　山顶有一块平地，他们就在那里休息。这时，"自然之美"登场了，彼特拉克写道，起初，因为山风和环绕四周的景色的影响，他有点迷糊，然后看到脚下的云，先前在书里读到的奥林匹斯山诸事，显得真实起来，因为在如此微贱的山峰上，已能有如此强烈的感受。他瞻望远处阿尔卑斯山脉起伏而戴雪的峰峦，觉得近在眼前，接下来做的事看来很合理，在山顶上回顾自己的生活，特别是近十年来的，以达到一种升华的理解。他想了一会儿，觉得自己有所进步，心里有些高兴，仍觉精神上的提升不如身体上的，便打开随身携带的袖珍本的奥古斯都《忏悔录》，看到书中说，人类赞叹山峰之高，海浪之巨，以及星辰的辉煌运行，却忘了反躬自省。彼特拉克便大惭愧，对自己很生气，因为他明明早该知道，自然界那些事物没什么是奇妙的，唯一奇妙的，是在我们的灵魂当中。这么一想，他便只将注意力放在内心，一言不发地下了山，赶紧写信给友人（也是他的忏悔师），报告自己这一天的心路历程。

多么有收获的攀登！对于彼特拉克，以及对任何一位十四世纪欧洲人来说，这是新鲜的经历，爬一座山，只为这一过程可能带来的乐趣，包括对思维及情感的激发也罢，不包括也罢，直感的也罢，托物陈喻的也罢，今人所谓之定式，还没有建立，如果一种叙述在后人看来有些陈词滥调，也只是因为后人模仿前贤太多了，当然，我们也可以说前贤的工作太出色，叫后人难以不在追踵之中。登山的乐趣因人而异，但总有些共通的地方，就像我们哪怕对彼特拉克的精神生活没有共鸣，他登山的过程，对我们来说仍然是容易想象的，对世俗的、身体的、来自大地上的乐趣，我们不用像他那样戒备，又很难不像他那样喜欢。看来自然界对人的影响不可低估，就算这类经历不能从人心中发明什么，似总能激活一些什么，或使一些念头联结起来，而这些心理上的体验，总有一部分与我们活动的背景相关，在此处，是与我们正在攀爬的山相关。

若功利地说，古人曾经痛恨山峦吧，因为给他们的行动带来的麻烦，似远大于山上的出产，先知不是说嘛，"一切山洼都要填满，大小山冈都要削平"。不过后来该不这么想了，因为若受同类的逼迫太急，可以往山里逃。——这仍然是功利的，而我们知道，爱好是非功利的，古代文人总喜欢用那种语调描述山民的生活，好像他们是山区生活的爱好者，其实人家是不得已，没办法，至少在一开始，是躲避官府、饥荒和烦人的文人，才住进山里的。

难道对现代人来说，登山的乐趣计日而增？明摆着，登山越来越昂贵了，一身行头不算，还得买挺老贵的门票，一个人得有多好的修养，才能对此不生气啊，而有那么好的修养，还爬山做什么，躺着就很精神了。也许这正是要义所在，先是生气，爬过山，不知什么地方升华了，然后就不生气了，到最后遇到什么事，也不生气，彻底成为一个当代人。若是这样，那也很好。

要说登山有什么不好，我得说是下山。第一，都怪现代解剖学，发明出半月板之类的名词，结果是膝盖会痛。第二，下山时会遇到些奇奇怪怪的上山人。有一次从某山下来，远远见到下面山林里人影闪烁，还都穿着戎服，我以为是遇到了山里的好汉，很想推石头去砸，幸为同伴拦住，指出那是一种cosplay，闹着玩的。

不爱越野

　　荀子曾说："陋也者，天下之公患也，人之大殃大害也。"说得多好啊，难怪他成不了正统。历代林林总总的广大教主，孜孜不倦，要把人心陶铸得端方纯正，至少要合乎治道，惟恐我们庸劣的智力应付不了深远的道理，稚弱的心灵为纷繁的事物所累，不辞辛苦，将世界均田画畴，简化得与我们头脑中的沟回相称，又担心各种有害的东西入侵我们的心身，遂将我们的感官，一圈一圈地保护起来，果然是爱民如子，儿女情长，然后一直没有彻底的成功，说来又令英雄气短。我虽深受感动，但这些年来，鉴于人心的顽犷，又为体恤上情计，渐渐相信荀子的主张，他认为人的长进"起于变故，成乎修为，待尽而后备"，直是要人多闻多识，看来是对人性很有总体上的信心。我虽信心不足，但想既然人的经验是唯一可以依赖的，与其因陋就简，不如任由人心去理繁治剧，因为狭隘的心灵没有机会实现人的能力，纷繁的经验尽管伴随纷繁的不幸，却是唯一的希望所在。

有一类古典的道德家被人类的恶行吓破了胆，遂以限制人的能力为纲，然后很准确地把手段定为限制人的经验。如果洞穴时代就被他们占了上风，我们现在大概还一人一件裘皮衣服。实际上，他们所描述的简朴生活，并没办法维持一种恒久的善，而总会产生权力的恶，且格外地凶残，因为这种处境中的人反抗的意志和能力，都是最弱的。这可能是这种哲学令一些人喜欢的地方，也是这种哲学令一些人厌恶的地方。我认为这种哲学是极其自私的，为了给自己的时代制造舒适的假象，不惜剥夺后代的机会，所以我宁愿大地上布满见多识广的海盗，也不愿布满面朝黄土背朝天的农夫。

主张归主张，行为归行为。我虽主张丰富，但仍难免心胸狭隘。那么，如何让狭隘的程度浅一点，如何警惕自己的心灵停顿在简陋状态？有许多标志，此刻我想到的是语言上的一些标志，比如说，如果一个人经常把下面这三个词挂在嘴边，就要小心了。这三个词是"不可能""吃饱了撑的"和"神经病"。今天要说的是最后那个词，它在表达人的心灵状态方面是如此有效，话一出口，就像揭起一块板子，露出发霉的所在。它代表一种心智的自满，断然相信自己那些微小的算计是精妙而且充分的，相信凡非触手可及的事物都是虚幻的，相信人只有一种合理的姿态，那就是自己的姿态。通过指斥别人的骄傲，来维护自己的卑微，这种心灵状态的流行程度，可以拿一个最早流行在互联网上的词（现在到处可以听到了）来代表，那个词有些下流，在此就不写出了。——按照这种人生哲学，一切目标如果不能在两三个步骤内约化为衣食住行，特别是食物，那就是不值得追求的，也就是虚伪的，也就是说，世界上不会有人真的追求我自己不追求的事物，如果他宣称如此，一定是假装，一定是寻找食物的狡猾方式。当然，还有一种可能，是这可怜的人生病了，神经系统的病，精神的病，内分泌的病，或者是发疯了，或者是发傻了，或者兼而有之。

　　人的爱好千奇百怪，可以方便地用来检查我们内心的开放程度。他人的热情往往是难于理解的，而不理解的事往往令人苦恼，解除这种苦恼的办法，一是去理解，二是断定其为异常、为病态，后面这个办法显然更便宜。当然，最值得推荐的，是不为这些事苦恼，承认人和人不一样，世界上有众多他人的哲学，不是我们自己所能梦想到的。——还是那句话，主张归主张，行为归行为，我尽管有所主张，还是管不住自己，比如前年有一次难以忘怀的经历，被一辆越野车惹恼，自言自语地骂道："神经病。"

此言一出，吓了自己一跳。人果然不是揪起头发，就能够宣称已经出淤泥而不染的。叹气之后，腹中检讨，第一是检讨自己为什么会说出这种词语来，第二是检讨我为什么不喜欢开车越野这种爱好，——这是不应该的，任何一种爱好都是合理的，而厌恶任何一种，都有可能预示着心灵的一种普遍的退化。

检讨的第一步总是自辩。我并不是厌恶所有的越野，只是反感我所见到的，或者说，我所见到的行为中的一部分。"想当年"（这是另一个值得警惕的词）也着迷过越野车，学了许多改装汽车的术语，只是因为没有钱，才未曾动手。为越野而进行的汽车改装，是很有意思的事，那些爱好者对汽车性能的钻研令人叹服。他们的汽车经常处于两种状态，第一种是架起来装配、修理，第二种是开到石头堆里，以便再次装配、修理。检讨内心之后，我确定我对这种爱好并无不满，实实在在是钦佩的。

我也挺喜欢在电视里看越野拉力赛的节目。所谓虽不能至，心向往之，吃着爆米花，看别人在荒漠中风驰电掣，让血压在安全的范围中增高，是多么愉快的事。也有数次见冻土中一条斜斜的小路通向天际，走着嫌累，开车怕陷，路远莫至，只好逍遥长叹，这时总会羡慕越野车的长脚。能把车开到前人所未至之境，我只会赞美，怎么能反感呢？

　　到底是为什么呢？我想起一次经历。有一年夏天，我从四川省的炉霍县回家，误于上午时分自新都桥驶入著名的318国道。在道路的对面方向，是浩浩荡荡的汽车长列，早晨从成都出发的。这些汽车并不全是越野车，不过行为却可以与我所见的"越野文化"归于一类。那些开车的人不拘小节地按着喇叭，声威震天，看到他们的兴奋和自豪，我觉得随意加塞、越线，都是可以谅解的。有许多次，一辆任性的汽车便能把对面的汽车堵住，车主满不在乎，令人羡慕，令人深恨自己没有远大的志向和坚固的车身，却挡了别人的兴致。那天，四百公里的路程，我开了十二个小时，是因此而积蓄了不满吗？我想不是，至少不全是。

　　我在路上见到的越野车，有很多都在车身上插着旗帜，画着地图。我不喜欢这一套，但是因此而不喜欢越野吗？不是。那些小小的、甚至有点可爱的吹嘘，人不能免，我亦不能，报以微笑，至多轻微的挖苦，已经足矣，不至于积愤成疾。

　　那一次，真正令我不快的，是我所见到的精神状态。说是"见到"，有些不严谨，因为我并不能看见他人的内心，但如果经验是有效的话，似无必要禁止自己放纵一下推测和想象，何况在别处，别的时候，已有许多事可为印证，至今如此。不管是出于所见还是所想象，反正我的看法就是，那些人中的大多数，对自己将要去的地方，无论是历史状态还是现实状态，对本次旅行的意味，对自己在社会事件中的角色，毫不在乎。是的，不是了解与不了解的区别，而是毫不在乎。

这种不在乎与知识的关系，纠缠不清。你可以说更多的知识或许可以使人解除这种精神状态，但也可以说这种精神状态使人主动屏蔽那些会影响其自身的知识，你可以说它是被动的，也可以说是主动的，可以说它是缺少选择的结果，也可以说它是选择的结果。就其自身而言，我并不反对人的胜利者的姿态，只有它是真实和诚实的。我想，主要的分歧在于对自身在现实中的状况的不同看法，以及对自身一致性的态度。我不喜欢不一致，不喜欢同时支持和反对同一件事情，只是临时地出于方便和利益，不喜欢以拓展经验的方式来收缩经验，去的地方越多，看见的事物越少，不喜欢将该沮丧的粉饰为可骄傲的，不惜自己来压迫自己，所以我不喜欢我所见到的"越野文化"。

在不那么沉重的方面，我还不喜欢他们过多地使用"征服"一词。我真的不太明白这个词的用法，除了表达对权力的向往。捉到一匹野马，给它戴上笼头，可以称之为征服；然而爬上一座山，驶入一片荒野，也称为

"征服"，到底是什么意思呢？丹增·诺盖，那个著名的夏尔巴人，曾经表达过对这种姿态的不满，说登上珠峰不过是"爬上母亲的膝头"。对这种表述我不是很信服，因为它是拟人的、动情的，实际上与"征服珠峰"之说，仍是同源的嫌疑。"征服"这个词的这种用法，有一种中世纪的气味，或更古老的气味，这气味很好闻，但有资格享其馨香的，怕只有中世纪或更古老时代的君主一人，连开边拓土的大将军，因其自身是部分的被征服者，也不配这么说。人们喜欢这个词，只是因为它创造的假象太迷人了，让我们觉得自己是自由的，甚至自由到可以剥夺他物的自由。好吧，就算这是快活的事，但自然之物哪有什么自由可言，难道我们活得如此尴尬，非要将哑然自在的自然之物拟人，来填充自己？

人们对越野的批评，往往集中在对环境的影响上，比如车轮犁过荒漠的表面，让沙尘扬起，或留下些垃圾之类，我对这些事不是十分在意，不是一点不在意，是觉得如果越野车能将人带到更遥远的地方，这点代价还是可以忍受的，再说这些是普遍行为的一部分，越野爱好者并不在平均水准之下。我更在乎的不是行为本身，而是当事人如何描述自己的行为，如果越野是一种表达方式，我在乎的是所表达的那些事情，在意的是越野在将我们的身体带到更偏远的地方的同时，是将我们的精神同样带至自己未至之境，还是带回到出发的囿苑，那受观赏的地方，那有水草的地方，而且每经过一次越野的辛苦，水的滋味愈显鲜美，草的纤维愈易消化。

真想有一辆越野车啊。

钓鱼与打猎

　　钓鱼的人无所不在！白沫翻飞的巉岩之下，有他们雕像一样的背影；风平浪静的率土之滨，小贩在叫卖，孩子在戏耍，他们的身姿不为所动；情人别离在江浦，执手相看泪眼，不知尖钩从鬓边掠过；淹死奥菲莉娅的小溪，芦苇丛生，有一支卓出特立、纹丝不动的，原是钓竿，它的主人精不离鱼喙，思不出鲋鳊，不知自己进了作家的想象。在烟波浩漫的湖上，在大干巧干的水库四周，在可疑的下水道边，在别人家的鱼缸附近，飞射着上下求索的眼神。河伯嫁女，几不成礼，因为钓针扯开了新娘的盖头；海神宴客，一座失色，因为纶丝缠住了三叉的食器，如果力气再大些，连肉也要从波塞冬的口边夺走了；精巧的金钩，曾到美人鱼的背上一游，不挠的银丝，每令方舟不前，伐楼拿冠上的五龙，遇而失其一，斯库拉的十二只脚，有六只是瘸的，其原因不言自明。就连有冥河之名的阿刻戎，钓客察见渊鱼，敢于凝视那不浮的黑水，甚至将船夫卡戎的长竿，骗到了手里。

城市里最早起的一批人，中间便有钓徒。天还没亮，他们的眼睛已经发亮了，炊烟未形，鱼饵的丰富气味已在飘扬。鸟儿的脑袋还藏在翅膀下的时候，有心人已埋伏在水边，那也许是个大湖，也许是半亩方塘，看呵出的白气，就知道是个寒冷的早晨，钓客掖紧严子陵的羊裘，挂好贾谊配制的香饵，投出龙阳君用过的渔竿，然后……然后等待。如果有不了解我们生活的人，比如外星人，见到这场景，一定大起同情之心，以为人类为饥饿所驱，做着奇怪的事；知根知底的人，比如某位饱受打扰的妻子，却认为他们是吃饱了撑的。是的，在往昔为觅食的事，在今或为消食，钓鱼便是其中之一。我不是说世上没有为获得食物而钓鱼的人，不但有，还很多，但在我们身边，钓鱼的协会和俱乐部越来越多，带回来的鱼却是越来越少了。据说讲究的钓徒，秤过斤两，合影留念后，便把鱼放回水里，以光好生之德。又据说有的鱼，被人类钓起过几十次，唇亡齿寒，还乐此不疲，有人说这样的鱼通人性，确实，人类中一边被挂在钩上扭动一边拊掌称快的，有很多很多呢，看来只要是权力的游戏，没有另一方的合作，是玩不起来的。

不会有人知道第一个钓者是谁，也许是失意的青年，信手拿段干枝，书水咄咄，引起水族的好奇，也许是迷路的锦鳞，忽发奇想，咬向渡河者的衣带。反正千万年里，钓鱼的人身在江湖，心在厨房，蓑衣之下，藏的是一个顾家的好人，直到出了一个姜太公。钓事之乱，如按传说，便始于他，他的表演，亵渎了这一古老谋生方式的纯洁精神，让那些孤独而优雅的背影可疑起来。太公钓于磻溪，孔子钓于淇，庄子钓于濮，涓子钓于泽，政客和哲学家的手是有毒的，他们触过的水是清澈和窒息的，就算用过碳酸钠再来增氧，也无济于事，除非投入受过训练的、以吞钩为乐的鱼苗，——这也是人们一直在做的。

且说钓者后来增添的另一种身份，那种令人联想起"唱晚""寒江""芷汀""芦花"一类词儿的，也是歧路。《钓赋》里挖苦的"水滨之役夫"，才是钓者本色，《江赋》里说的"傲自足于一呕，寻风波以穷年"，反倒是从外面涂上的色彩。所谓不养活孩子不知道肚子疼，"一笑寥寥空万古，而今忘却来时路"听着妙，哪里是正经营生？张志和赞美的"斜风细雨不须归"，本来是生活所迫，哪里是爱上了山水，非得坐在烂泥里来体验，或爱上了自己孤寂痛忧的身姿，非得以水为鉴照个不停？我若是钓者，准得抱怨"羊裘不是钓鱼人"，隐士们去哪里不好，非要到水边凑热闹，须知钓鱼最需清净，求名者一来，近则记者采访，远有慕者围观，甚如汉代之郑敬，身边摆上酒肉，还有童仆侍立，如此一闹，哪里还有鱼呢？五代有人写诗赞道："轻爵禄，慕玄虚，莫道渔人只为鱼。"我要是钓者，又得发怒，钓鱼不为鱼，难道还为王八吗？

好在，被这些人闹了若干年，钓鱼又恢复了纯净的趣味，尽管是另一种趣味。不去布网，不去缘木，不用炸药，不用投毒，只拿一根细细的棍儿，捅在水中，一见便知是有追求的人，也许这就是为什么钓鱼者令人敬畏。散步的人遇到两种人，都是要小心翼翼的，一种是执法者，一种是执竿者，后者尤令人放轻脚步，压低语声，连戏水的小孩子，也知道离得远一些，好像他们自带着"回避""肃静"的执事牌。我想这是对肃穆身影的尊重，也是对知识的尊重，须知钓者，我指的是以此为爱好的钓者，对于相应事物的知识，令我们外行瞠目结舌，这么说吧，世界上有刺的品类，除了玫瑰花，没有他们不曾钻研的，——我对此本来一无所知，后来读到艾萨克·沃尔顿的《钓客清话》（缪哲翻译），才大生佩服。里边谈到鱼饵，有一小段写道："钓鳟鱼，通常用蛆。……蛆有多种，有的只产在土里，如蚯蚓；有的产于草木或草木之间，如奶头虫；还有的则产于粪便或动物身上，如牛或鹿的角中；另有产于腐肉者，如酪蝇蛆、软蛆等。……'红纹蚯蚓'可见于老粪堆，或与之毗邻的腐地，但牛或猪的粪里最常见，马粪则否，因为过热、

104

过干，不适于蛆长。……使用前，须养它一阵子。……‘红纹蚯蚓’若生病，个子见小，辄应使它康复，办法是：取牛奶或奶酪，约一天一匙”云云。这只是钓一种鱼的一种饵，已精细如此，谁读到这里，不会感动，不会敬服，不会想和这样的学者做邻居呢？

我们外行，耳食所及，还以为钓的鱼越大越好，不管翠纶桂饵，还是芒钩荆竿，我们看重的只是长线大鱼，最好是一钓六鳌，至不济也得四斤，才算好本领。我们的英雄是传说中的任公子，拿牛做饵，钓很大的、供很多人食用的鱼，殊不知小鱼是最难钓的。据说最厉害的钓者，用极细的竿，极细的线，以极长的工夫，向极清的水，钓极小的鱼，不要说从远处看去，十步之外，便除了他本人以外什么也瞧不见，外行或竟以为他只是在摆姿势。

我先前还以为，钓事之难，在于等待的煎熬。看到钓者的背影，总在好奇，孤身一人，拿着一根竿儿，又不能乱动弹，脑子里在想什么呢？是想着昨天为王驱鱼的事业，还是想着今天躲开的池鱼之殃？是算着如何鱼肉乡里，还是琢磨如何永离釜鼎，长去涸辙？这些想法如鲠在喉，我便请教一位钓鱼的朋友，他告诉我说，除了和钓鱼有关的，什么也不想，既不挂念鱼龙百戏，也不操心鱼烂如燬，垫在股下的是阃内之令，抛在脑后的是婚外之情，总之钓就是钓，鱼就是鱼，钓鱼就是钓鱼，这叫"心无杂虑，唯鱼之念"。我听了大赞，这才是真正的爱好者，能让人如此沉浸的爱好，才值得大书特书，值得写文章来称颂，值得自己也去试一试，总有一天，我也要借一只长竿，讨半罐厚饵，请猫儿做向导，来到那鱼鳞云下，在水一边，遣开沉鱼落雁的太太，放一曲游鱼出听的音乐，忘净了我所思兮，钓二斤我所欲也。

那是以后的事，现在该说打猎了。这是个艰难的话题，人类这一行为的式微，是值得欢呼，还是应予感叹，很难回答，毕竟，狩猎是人类最古老的生存之道，看看尼安德特河谷，阿尔塔米拉洞穴，苏拉威西岛和阴山的石壁，上面画着我们的出身，所有的动物都是猎手，我们不过是其中会使用工具的那一群。这一事实，并不因为我们躲进电子游戏室，虚拟地杀戮而改变，也不因为将工具集中到权力手中而改变，甚至也不因为素食而改变。我们依赖吃掉其他生命而活着，无论是牛羊还是白菜，至于获取之道，文明已经改变了很多，然而也不那么多。

至少在我们这里，猎人已经快绝迹了吧？有多久，没有人掉进过密林里的陷阱，或者被铁夹子害得哭了起来？上一次在山间见到执着钢叉的猎户，甚至见到吊睛白额大虎，不知是多久之前的事了。而今，如果您在山里见到有人持着可疑的工具，那多半是自拍用的竿子，见到老虎，更不用担心，肯定是一张画。曾几何时，一阵风起，便有人毛骨悚然，现在乘风而来的野生动物，不过是几只蚊子；昔日猎犬的后代，都养在家里，连上厕所也得给人牵着，一点面子也没有；昔日猎人的后代，都待在家里，手中的寸铁，是部蜂窝电话，——当然我们没有全然忘记人类从狩猎中发展出来的技巧，只是英雄生晚，只好施展在同类身上。要品味祖先的光荣，也许只好去读《上林赋》《羽猎赋》一类的文章，可以把自己想象为书里搏猿射豕、进退屡获的勇士，也可以——这是更聪明的——把自己想象为扈从拥卫、笑呵呵地看着这一切的长上，最后晓事的官兵自会挑些色厉内荏的野兽赶到面前，由您亲手亲脚去行雷霆之诛。不过我又听说，如今还真有这样的狩猎场，养着些视死如归的动物，让人见猎心喜。

有一件事我一直觉得很奇怪，那就是有一种主义者反对打猎，却不反对把动物养到绝望，再慈悲地电击至死，把肉送到人的嘴边。从他们的立场出发，难道不该主张狩猎是唯一合法的食肉之道，以将食肉者置于艰苦与危险之中吗？说来说去，打猎的事，离我们太遥远了，我连做梦也没梦到过自己是猎人，梦到成了猎物，倒有几回。

广场晨昏

"书法"一词，本义是写字的规矩、技艺，好比占法、诗法、障眼法、孙子兵法、侯氏制碱法、五雷天心正法，但不知从何时起，写毛笔字，就叫"写书法"。——声称要写"法书"，已足惊世震俗，而立志"写书法"，一点而垂范百代，一捺则示训千年，如此磊落，正合我们时代的大义。所以我们在旁边看的，一定要识趣，比如这一竖写得很直，就要说"啧啧，这才叫书法"，写得不那么直，就要说"枢机天运，出人意表"，写得疙疙瘩瘩，就要说"激荡滂沛，穷性极形"，如此说来，书法家一高兴，午饭就有了。

作为一种爱好，写字是极好的。早上起来，穿上衣服，泡一杯茶，展开金轴紫纸，研动西哥杨墨，背直肘曲，臀委足分，一笔写下去，于身于心，于人于己，甚至对防疫，都是大有益处。可惜今天要说的这位老者，是个"老民办"，虽然不至于箪瓢屡空，却也用不起好笔好墨，教书出身，纸是不缺的，然而多是学生不要的作业本，又脆又滑，让他一身的本领，不得尽情施展。

这位徐老者，一生与世无争，不然也不会以那种身份退休。老伴随儿女住在城市里，他留在县城，守着几间旧房，一个小院，还有两棵核桃树，天凉之后，把核桃打落，也挺快乐的，和桃李满天下差不多。他本来专写小字，到了六十岁，眼神不济，难免有些意勤笔拙之叹。这天早上踱到本县的一个大空地，也叫广场，看见他认识的一个人，手里拿着个大家伙，正在地上涂涂画画，他还以为是抹杀虫子的药，走到近前一看，却是在地面上写字。旁边有几人在看，指指点点地叫好。

"地书"之起，亦不知在什么时候。汉代赵壹讲的"展指画地""指爪摧折"，说的是书痴用手指头在泥地上写字，不用笔的，算不得真正的起源。我初次见到"地书"，大概是在二十年前，一见便惊为天人合一，其境界之高，仅次于咄咄书空。须知写字的大障，就在存想过于丰富。比如给朋友写一封信，心里想着对方收到信后，不但会还钱，还会把书信小心翼翼地存好，将来示诸识者，印帖，拍卖，开展览会，这样一想，字就没个写好的。而地书专求速朽，不管字写得有多好，始于出神，终于入化，太阳一照就烟消云散，弄得好好一个广场，成了伟大艺术的墓地，让我们这些想保存国粹的，只能跌足长叹，回家之后越想越心疼，天天痛哭流涕，——活该，谁让我们不敬重艺术家呢。除此之外，地书还有别的好处，比如拿着好几斤、十好几斤的大笔，回展右肩，长舒左足，徐进徐退，蹑如翼如，正是健身的正途，还比如写地书都是蘸水，润物无声，敛抑凡尘，对保护环境、整顿市容也很有益。

这位本县地书的先行者，曾是徐老者的小学同学，最爱写大字，又做过县里的政协副主席，所以官家商家的匾额，有一半是他写的，至于徐老者，专写小字，就没人相请。他见到老徐，一把拖过来，鼓动他加入。老徐是个羞涩的人，在众目睽睽之下写字，觉得难为情，就连声说自己的字写得不好，推辞一番。到了晚间，在灯下写了几行字，掷笔叹口气，心想：我的字未必高明，总比他写得好，他写得，为什么我写不得？心思动了一下，毕竟胆小，又收了回去。

所谓光阴荏苒，不觉冬去春来。几个月后，在那个广场上写地书的，已有三四位之多。老徐的儿子知道此事，就鼓励他，给他买了那种特制的大笔，也不贵，五十元钱两支。终于有一天，老徐三四点就醒来，把天花板盯了一个小时，然后起来躺下，躺下起来，又折腾了一个小时，最后一咬牙，寻出大笔，找个塑料桶盛了清水，潜踪蹑迹地出了门，此时天光初明，街上只有几个环卫工人，他老人家拎着水桶，扛着拖布也似的家伙，看着也没什么与众不同。他来到广场，将大笔的海绵头蘸饱了水，向地上一指，就觉得胳臂的筋短了半截，写不下去。老徐定一定神，再次努力，把大笔搭在地上，拼命一拖，抬笔一看，那可不就是一横嘛！老徐抹一把汗，又写了一横，然后又是两横。这个字是"四"字的籀体，老徐并非有意写来，但写完后觉得胸口间一阵痛快。看看地上的字，觉得不成样子，而留在地上，一时未干，幸好左右无人，老徐赶紧用脚去踩，又用笔涂，涂成一个大疙瘩，总算消去字迹，长出一口气。

老徐初次在硬地上写大字，若论写得好，自是不及他在纸上写惯的小字，但数字之后，越写越畅快，有些手舞足蹈，又恨不得大喊几声，让全县的人都听到。他一连写了半桶水，听见后面有人呵呵笑，回头一看，正是老同学。老徐竟未觉得不好意思，让他自己也意外，和老同学聊了几句，连说话的声音，也比平时高了几个分贝。

这以后老徐每天都来广场写字，只要不下雨。他用水泥在院里铺出一小块平地，早上要写的字，总在头一天先练几遍，他的院子小，这块地方只够写四个大字，他写一写，就得停下来等字迹干去一些，不过这也让他有时间从容地打量自己的字，越打量越觉得好，越觉得好越是想写。起初他不愿到广场写字，最怕的是有人看，后来只怕没人看。附近有不相干的人，或在散步，或在哄孩子玩，他也觉得人家的目光，无不射在他身上，在以前这必令他尴尬，如今只让他觉得后背温暖。他一辈子活在角落，缩手缩脚，这会儿居然有了些豪放之意。用如椽之笔写一首唐诗，后退两步，让旁观的人看个清楚，人或称赞几句，他不为所动，目不斜视，但眼睛的余光也有睥睨之意。他的字越写越好，最得意的是写笔画中的点，以前写小字，总是扭扭捏捏，用晋人的话说，不是像瓜瓣，就是像鼠屎，如今老大的石板地上，重重一戳，果如当衢的大石，真乃大毛笔也。所以他特别喜欢写点儿多的字句，"念天地之悠悠，独怆然而涕下"之类。

一写就是再三年。然而造化弄人，写着写着，左近一阵热闹，抬眼看去，本县的广场舞，跳到身边来了。这些跳舞的，人多势众，不光跳，还放很响的乐曲，吵得老徐头昏脑胀，往往一笔下去，那边咚的一声，他的手便是一颤。看他写字的人多是男性，这时也快走光了，都去那边看女人跳舞。连地盘也日见局促，往常老徐独占一大块地方，现在被挤到边角，肚子里好几首长长的诗文，写一小半就没地方了。

这天晚饭后老徐散步，遇见一个以前的女同事，穿着绸子衣服，便似要去唱戏一样。她和老徐同向，边走边聊天，说是去跳舞，老徐一听脸就黑了，这位女同事却知道是怎么回事，咯咯笑过之后，硬把他拖到另一个广场，县城里最大的。女同事说，我也不劝你跳，你先看看嘛。老徐就看了一会儿，一边看一边冷笑，觉得不像话，不成体统，一边冷笑一边看，眼见广场上花枝招展，连那位女同事，在他的印象中一向是规言矩行的，此时伸胳臂撂腿，跳得无拘无束，让他觉得陌生起来。这天晚上老徐比平时晚睡了半小时，倒不是胡思乱想，而是反省平生，自叹性格决定命运，有些事做不来就是做不来。

打这天起老徐早上照例去小广场写大字，晚上便去大广场看跳舞，如此过了一年有余。大广场有三个跳舞的方队，老徐轮流看，看得多了，也记得些舞步，这一天，老徐忽然就走下台阶，站到队伍的一角，跟着跳将起来。他的家人事后听说，都觉得奇怪，想知道原委，然而没什么原委，没什么特殊的原因，老徐只觉得像被人推了一把似的，就去跳舞了。

他所加入的舞队的领队，为了跳好广场舞，北上过佳木斯，南下过武汉，学来很多花样，老徐看得轻松愉快，自己一试，才知此事之难。他老人家是连自行车都骑不好的人，两臂两腿，简直就是四根棍子，他初一上场，就听见周围的笑声，但此时的老徐越被人笑，越是可心，仿佛那是挑战，而他是应战的英雄。老徐是个认真的人。要跳广场舞，他就要跳好。晚上跳了，白天还要练习，有时睡觉也要乱踢几下。

按说写字和跳舞有相通之处。汉人说："为书之体，须入其形，若坐若行，若飞若动。"跳舞不也是这样吗？老徐学跳舞，便以在写字中得到的体会去融通，可惜心里想得明白，手脚却另有主见，不管怎么苦练，一抬胳臂，不像长松之临深谷，倒像老熊之探松果，一转身，不像泽蛟之相绞，倒像僵木之已倾，至于蜂腰鹤膝之类，在此为病的，在彼也为病，就更没办法了。他的队伍里，没几个男性，本来是欢迎他的，看了他的舞步，只好叹气，好在所谓队伍，本就是想来就来，想去就去，他愿意跳，谁也管他不着。

老徐也知道自己在队伍里太过显眼，但他不知从哪儿来的一股犟劲儿，竟是锲而不舍，有时走在街上，偶尔就有人向他微笑，他也不以为耻。住在省城里的老妻，总怀疑此事与异性有关，老徐嘴里不承认，有时自己想一想，又觉得有点关系。如跳舞前后，大家聊天，都是女人，只有他像贾宝玉似的，经常被开些玩笑，让他有生平未有之感。然而这些都是若即若离的，老徐更重视的，是自从跳广场舞，他的幻想变得栩栩如生了，仿佛一伸手就能够到似的，这在从前是不曾有过的。

他偶尔还去小广场写字，每个月也就几回。先前的同伴自然嘲笑他，他听了只是不好意思地笑笑，也不回嘴。不过他的字似也有了长进，特别是小字。有一天他跳舞回来，余兴未尽，看纸展在那里，就挽起袖子写了几行。第二天早上看见，把自己吓到了。他一向是谨守法度的人，这回写的却是枝枝丫丫。他觉得不坏，但对自己说："跳舞可以瞎跳，写字却不能瞎写。"就把纸揉了扔了。唉，老徐毕竟是老徐。

班里的魔术师

鲁迅年轻的时候，特别是在离开仙台医专之后，曾持一种二元论的观点。他的《文化偏至论》，主旨之一是"非物质"，反对"金铁主义"；"物质"的反面呢，他那时或称之为灵明，或旨趣，或精神，或性灵，意思略近于今天的人说的"精神生活"，——其实，什么是"精神生活"，不太能说得清，学术家仰天长思，看着很有精神的样子，该算是在过"精神生活"吧？但此时脑中所想，除学术外，说不定更有如何将所学售与帝王之家，用马三立的话说，买棉帽子戴，买包子吃，上可跻身"智囊"，下可凌轹同侪，这算不算呢？似乎得算。

鲁迅在《摩罗诗力说》里写道：

> 盖缘人在两间，必有时自觉以勤勉，有时丧我而惝恍，时必致力于善生，时必并忘其善生之事而入于醇乐，时或活动于现实之区，时或神驰于理想之域；苟致力于其偏，是谓之不具足。

真是"你不说我倒还明白"。"忘其善生之事而入于醇乐",是容易达到的,我等在街头下棋时,打酱油的重任也会忘掉,少年人在电子游戏室中,一连两三天不亦乐乎,衣敝腹枵而不觉,这是鲁迅说的精神或灵明吗?恐怕未必。又"神驰于理想之域"者,固有人以世界大同、猫鼠言和等等为理想,但《幸福的家庭》中的睡榆木床,吃龙虎斗,阿Q的元宝洋钱洋纱衫,"我喜欢谁就是谁",也不能说不是理想啊。盖人的"性灵",果然是五花八门。有人喜欢说话,有人喜欢静默,同一块布,有人喜欢套在胳臂上,有人喜欢捂在脸上;十来年前有个新闻,说广东某地有个局长,最爱杀猪,故下属常备肥猪,以待其检查工作时猪刀一割。以杀猪为理想,其"精神生活"可谓深不可测,但尽管奇特,我们也不能就此否认那是合法的爱好,杀猪怎么了,张飞杀得,我就杀不得吗,况且连鲁迅不也说嘛,个人之张,要在超越尘埃,于庸俗无所顾忌,杀猪之事近之矣。

终于说回到"爱好",但还要再引一遍鲁迅前面所说的最后一句:"苟致力于其偏,是谓之不具足。"这可有点挠头了,因为如若不偏,就没故事可讲,多数人不会让自己的小小雅好牵扯与时俱进的个人大业,幸有少量分子,沉溺过深,是不具足,成为我们心目中的怪人、口头上的消遣。此处要为爱好分辩一句:往往不是爱好使人与外界越来越隔阂，而是有些人天性便不"具足"，与我等习以为常之的烂熟事务格格不入。这时，爱好不是他的浸溺之具，倒是渡济之载，因为在我们眼中鲜花遍野的世界，在他脚前可能是荆榛丛生，所以他要自己的花园，自己的大布袋，自己的锄子剪子。

因忆起中学时的一个同窗，此处称之为Z君。Z君是羞怯而不擅交际的，我们那个班里风气很好，没有人欺负或嘲笑他，只是觉得他古怪，而那也是实情。大家聊天时，有时他鼓起勇气插上一句，总令人接不上话岔，立刻冷场，这样的尴尬多几次，他便日渐其沉默了。然而不知为什么，却时常向我说上几句，想必是我也笨拙，被他嗅到了，而生知己之感。

我原坐在Z君的后排，一个寒假之后，忽然长高，遂流放到教室的最后面，先在物理上与他有了距离。Z君身子本短，此时我高出他四五寸，加上眼高于顶，又多出两三寸，可就有点瞧不上他了。每个班里都有这样的人，他们身上好像有病菌，与之密接，我等也要被时髦之士另眼看待，加之班中又有核心圈子，这时我大半个身体已挤入其中，只有半条韩乔生之所谓后腿落在外面，岂能让低下的"社会关系"拖住，故而对他日益冷淡。

Z君有个小爱好，曰变戏法，或魔术是也。我不知道他是真心喜欢那玩意儿，还是穷途绝路，思以此术干君王——班级精英，以获得大家的认可、接受。只记得有一次什么节日，班里面"演节目"，是在教室之中，讲台之上，有说的，有唱的，而我等自重身份之人，除非身怀绝艺，自是轻易不肯登场。

Z君忽然出现在黑板之前，让人吃一惊，因为他除了擦黑板，向来不曾跻身如此高位，而且一贯怯场，不知今日哪里来的勇气，又有何道术，必欲公示。

他刚上台，满脸已经红得发紫。此时，我等精英和候补精英，彼此相视，会心一笑。

我坐在后面，看不见Z君的腿，只瞧见他的手在发抖。他开口说了些什么，如同背书，声音死板，且抖且弱，抖而又抖，弱而又弱，终至于咕咕哝哝的嗫嚅。他变的魔术，好像是要从什么里面弄出一朵花来，至于从什么里面，我可是忘记了，那过程也忘记了，总之是很不顺利，同学们从轻视到同情，很关切地看他，只使他益发慌张。

最后，他终于手一挥，碰翻了什么，又有一样东西飞走了，我忘了是什么，总之是不该飞走的，这时我们便看见花了，——一朵纸花，想必曾藏在他的怀里，皱巴巴的，已不像是花，但毕竟是花，我们都鼓起掌来。

Z君收到善意的鼓励，好几天里有点意气风发，如果有人对他说，"玩得不错啊"，他就真诚地羞笑，眼睛发亮，两手相搓，那是他兴奋时的动作，而说那话的，有的是实心实意的优慰，有的未免是在开他的玩笑，他却不能分别。现在想来，他准备那小节目，不知私下里用了多少努力，中间发生过多少幻想，怎么会知道，自己所寄予重望的事，在我们眼中毫无分量，对他而言是中学时代的大成就者，对别人来说不过轻淡如烟。他在班中的地位丝毫没有改善，相反，"怪人"的招牌贴得更加稳固了；他不知通过什么途径，终也明白过来，于是又日渐沉默了。

所谓天性难改，大约在我即将离开那个班级的时候，他卷土重来，于课间，拿一副扑克牌，表演一种戏法。我依稀记得是将牌搬来搬去，指出对方先前选中的是哪一张，不过是使用某种算术公式，没什么稀奇，且我们对类似的玩意实无兴趣，而他又察觉不到他人的勉强和冷淡。有一天，我被他邀请了。

我挑了一张牌。是什么牌，今天自然不会记得，姑且说它是红桃八吧。

Z君鼓捣一番之后，寻出一张牌来，竟然便是那张红桃八。他看着我，又自豪又谦逊地说："是这张吧？"

"不是。"我摇头。在一边看的同学吃吃笑起来。

"不会吧？"他苦恼了，检查扑克牌，又皱眉回忆方才的过程，终不得其解，只好问："那是什么牌呢？"

我说："是方块K。"

这误差可有点大了。Z君受了这打击，回家后如何检验戏法中的公式，或重审自己的手法，我可是不曾想过，也不曾觉得自己做了残忍的事，只知他又归于沉默，直到我离开那班级，都是那样。

我和Z君的交道本该至此而止，不料近十年之后，他又出现，这次是来到我谋食的地方，所谓"单位"是也。会逢我不在办公室，回来后，同事笑盈盈的，将他的来访相告。我便有些懊恼。

下一回总算见到了。在我的印象中，Z君似永远穿着一件蓝色的上装，有许多扣子，一直系到脖子下面，那天也如是，在我眼中，他的外表和当年一样。顺便说一句，Z君虽然个子矮些，实是个白白净净的英俊少年。

我将他堵在走廊里，聊了几分钟，也许有十分钟，绝不会有二十分钟。他之来访，倒不尽是叙旧，而是有大问题要与我探讨，那问题就写在他带来的稿纸上，用蓝色的墨水，很小的字。我扫了一眼，看见"政治经济学"五个字，心里便一沉。我哪里会懂这些，想必是我之"单位"的牌子上最后三个字是"研究院"，他便上当，以为我该知道些什么。

我收下了他的论文，只是为了快些打发掉他；又告诉他我的住址（随即后悔，但又没处搬家），只是为了让他不要再来这里。又用"一会儿要开会"之类的话来强行别过，也许是撒谎，也许竟不是，记不得了，但也没什么区别，因为此时我的势利，恰用得上一句古语，叫作"宁逢恶宾，不逢故人"，从我这一方面是如此，从他那边说更是如此，只是他尚不知道。

以后他果去我家（实是我父母的家）几次，也许有两三次，也许有四五次，也许更多，然只捉到我一次，因我并不经常"回家看看"之故也。他的文章我倒是看了，撇着嘴看的。我知他的境遇并不好，连稳定的职业也没有，不明白为什么要对一些既与生计无干、又绝非其所长的事情发生兴趣。我虽然不懂，也判断得出他的所学，不会超出课本或什么概论，至多有一两种"选集"之类，而他便从其中，推导出些与国计民生相关的大结论。

读书和思维能够算是爱好吗？本来我是不赞同的，因为那是太广泛的行为，现在则在想，其中的一些特别情况，也许该算是吧。我又悬想，当然是在此刻而非当年，Z君不知花了多少工夫，发展出幼稚的见解，被工友嘲笑过，而那只令他觉得自己与众不同，益发坚定而热烈，消耗着灯油与心血，做这些无益于自己和人民的事，还以为自己有了大的发明。

有个带侮辱意味的词，叫"民科"（抱歉使用这种词语，实是一时找不到替代），Z君近之，只是他的程度太浅，民则民矣，科则尤遥而远哉。因叹Z君生不逢时，倘在互联网时代，首先，他的见解有机会公布；其次，尽管我断之为幼稚，一来我不一定是对的，二来，不是有许多比他的还要幼稚，还要汗漫，还要凿空，甚至近于、甚至超过胡扯八道的文字，在那里流行吗？别人可以，英俊的Z君为什么不可以？他不过是面皮略薄，但在网上磨几年，未必不会厚将起来。

且时代在变，他的论辩方式，总会遇到自己的好时候，至时写些"阶级斗争新论""国家当有自动门"之类的大文章，未必便不遇，说不定某一天，该轮到他将我截在走廊里了。——这只是我的一片廉价好心，然Z君廉耻之心终究太重，肯定达不到我此刻代他设想的前程。

最后一次会面，我是用什么手段将他打发得心灰意冷，已不记得。似乎记得他"丧我而惝恍"的神情，和浮于其上的惨淡的强笑。似乎又不大记得，他的形象在我的回忆中，总是模糊如在雾气当中，也许是我的记性太差，也许是有些事情不愿意记得，反正是这样的。

好像是五六年前，偶尔听说Z君已"不在了"。似乎吃一小惊，似乎心里有些不舒服，此时推敲起来，又记不准当时心里究作何想，再一推敲，连这消息是否果真听到，此刻也拿不准了，心中便忐忑。总之，一切模糊如在雾气当中，也许是我的记性太差，也许是有些事情不愿意记得，反正是这样的。

看　人

　　德谟克里特回到家乡欢度晚年，没事可做，就到河港那里看人。据说他是在饱览人类的各种荒唐行径，看够了哈哈一笑，心满意足地回家。对这个传说，有人会认为，德谟克里特这样深刻、富于同情心的哲学家，怎么会放纵自己于这样浮浅、不道德的快乐，此事一定是假的，或者，他在观察别的事情，而被人误解了。

　　传说的真假无从得知，但已知德谟克里特如此，便说他必如彼或必不如彼，也就是将人的某种特性，当成推论的对象，总是令人不安的。"人是一个整体"，如此论断当然不会错，但这话中的"整体"，如果不是经验的高峰，需要无数代人的积累，无数次攀登，到最后也只能接近而无法"征服"，就会是形而上的深谷，便于人们将粗糙的归纳、用概念伪装起来的想象、打扮成科学的哲学，总之各种关于人的半调子理论，堆积到里面，各自宣称已经完成对于人类的考察，如视诸掌，"山人掐指一算"云。这样的整体论，受到算命先生、道学先生、通俗小说作家、政治鼓动家，以及审讯员的热烈欢迎。我们普通人，也极为乐意有这样一种方便的工具，来削减自己的不安，这可能是因为不知从什么时候开始，人类从同类那里得到的伤害，超过了自然界所为，人类对自身的研究，在投入的精力方面（而不是在成就方面），也逐步远超对自然界的研究。是啊，我们乐于拥有简单明快的手段，能让我们迅速地回答诸如这样一些疑问："张三和李四，哪一个是更好的主子？""他是不是在看不起我？""他的挎包里放的是什么？""赵家的狗为什么多看了我两眼？"

我当然不是反对在人类的行为之间发现联系、建立模式，不是反对积累对自身的了解，并给予这些了解以知识的地位，不是认为人的行为是不可预测的，而是认为，在我们有足够好的理论之前，最好还是将我们在人类倾向方面的知识，视为一种统计性质的，而不是推演性质的。

比如说，我乐于相信，有嗜好的人，对于某种或几种闲事怀有热烈的爱好的人，相对而言更偏于无害。因为在我的想象中，一个人如果在类似的与国计民生无关的事情中消耗了许多热情，也许会更少地把兴趣放在其他一些欲望上，如对权力的追逐，而权力虽然可以用来做许多好事，但就其本性而言，总是人间的大害。我把我这种信心的来源视为统计性的，尽管我从来没有进行过、也无从进行这方面的统计，也没听说别的人做过；它是从个人经验以及阅读中导出的模糊的、印象的观点，如果有人提出反对，我根本无言以辩。

宁可无言以辩，也不想建立或信奉能将人的这种倾向条分缕析的理论，——将来也许会有，现在还差得远。在这方面，我深受Z君的纠正和启迪，他曾经评价我正在阅读的一本书说："很有趣，但也很危险。"我用了大概十年，才理解他所说的危险的含义。Z君是个观察家，对事物的细节有无穷的兴趣，而且，尽管他没有来得及完成其主要作品，但在我的心目中，他是一位真正的、勤勤恳恳的创作家，不像有的人，一个月写三四千字就以作家自命。

Z君有一项稀罕的爱好，就是看人。三十年前的一个下午，我们坐在火车站的木椅子上，喇叭里不断传来列车晚点的消息，声音尖利，我心情烦躁，Z君却一直在兴致勃勃地东张西望，他的安逸，甚至有点让我恼火。这时Z君对我说："你猜她看的是什么书？"他把我的目光引向斜对面，一个大约与我们同龄的女人，正在那边低头看一本书。"这可猜不出。"我应付着说，对这个话题没有兴趣。Z君说："你看她的手指，一动一动的，说不定那是一本讲编织的书……不过她的眼睛里——我刚才看见了她的眼神，还有，旁边那个人坐下时，她挪了一下身子，就像有一点厌恶，我敢说她有点孤芳自赏，看的也许是一本浪漫小说吧。"我仔细看了一下那个女人，在当时的天气里，她穿得有点厚，还有就是紧紧地用胳臂肘夹住一只中等大小的包裹，除此之外，没什么可留意的；其实，就是这两样特征，在火车站这样的地方，也平常得很。我说："瞧她的鞋跟有多高，我猜她看的是一种和股票有关的书。"我当然是在胡说八道，而Z君立刻听出了我的嘲讽，微笑着说："也许。"

然后Z君向我介绍他的爱好，使我知道我错过了这个世界的许多细节。一开始的时候，我没有理解Z的讲述，冒冒失失地插嘴说："哦，就像福尔摩斯！"Z君说："不，一点也不像。小说里的福尔摩斯，是个决定论者，要是我没记错的话，他说整个世界，自然也包括人，是个链条，只要知道其中的一环，一个拥有足够知识的人就能够推想出其余的全部。"我说："这话很对呀，我们只是没有足够的知识而已。"Z君摇头说："我认为不是这样的。理论上的事我也不是很懂，就是觉得世界不是这样的。"我说："那福尔摩斯从步态上猜出一个人做过军曹，完全是碰运气了？"Z君说："一个人要是对人类的了解多些，猜对的机会自然也多些。但猜测和计算，总是不一样的。就像刚才我猜想，您准会提到福尔摩斯。

我猜对了，但仍然只是猜测而已。"

　　我说："我可以假装有什么事，从她旁边兜过，看看她读的是什么书。"Z君说："不，不! 不要这样。"我说："如果不验证，你怎么知道你想的对不对呢?"Z君说："我不在乎啊。"我感到奇怪，说："那怎么算是知识呢?"Z君说："我也没说是啊。对我来说，看人的乐趣，就在于永远不知道我的胡思乱想是不是合乎实情。你看那个人——"他指的是一位看上去很疲惫、又有些得意扬扬的中年人，我先前也注意到他，因为他频繁地看手表，候车室中的人大多焦急，但这个人似乎格外地多动。Z君说："他不像是本地人，是不是? 我想，他那个手表是捡来的。"我说："他要是捡了手表，又不打算还给人家，总会有些心虚，更应该藏在袖子里，而不是每过几秒钟就展示一下。"Z君说："那样就没什么意思了。我说他是在恋爱之中，不是刚刚会见了一个女人，就是正在勾勾搭搭的途中。他的离婚可真是不顺心，连他喜欢的手表，也被太太砸碎了。现在他捡了一块手表，虽然是很不值钱的，在他看来，却是一个兆头，预示着一个成功的婚姻。你看他兴奋不安的样子，我敢说他心里正激烈地盘算和幻想，恨不得一步迈到新的恋爱里边。一块手表就让他重新整理自己的头脑，大概整个世界观也从此改变了。唉，可惜他新的观念是荒唐的、糊涂的，我敢说新的恋爱要让他倒一场大霉。"

Z君这个乐观的结论，不能让我信服。但Z君说，他追求的不是判断和观测，而是想象。他的爱好，就在于从人身上看到一些细节，能让他的想象活跃起来，编制出一整套故事。他告诉我，想象的激发几乎像是随机的，经常，一个行为特异的、与众不同的陌生人，不能触动他，而寻常的某种细节，由于我们所不知道的原因，却能使他看到一个故事。"没有故事，"他说，"我们都是行尸走肉。"

对Z君的这一句话，我是不赞同的，但仅从这一句话便推论说Z君是个严苛的人，好为大言的人，会轻易地将自己特殊的关心推断为普遍的人，是不正确的。因为第一，这样的人虽然很多，我知道Z君却不是的；第二，人都会因时因地说些未假思索的话，捉住一句便以为钓到了鱼，那是判官才会干的事。

这次谈话之后，一段时间里，我在车站、餐馆、公园、旅游地之类的地方，总怀疑有Z君的同好盯着我，因为Z君说过这类地方是便于观察的，还说过有这种爱好的人，世界上不少。后来我就不在意了，因为归根结底，这种观察是无害的，你要是不知道，你一点也不会觉得不舒服。

大约十来年之后，我在南方的一个城市偶遇Z君，在此之前，我都不知道那是他的家乡，也不知道他已经赋归好几年了。午饭后，我们沿着河边蹓跶，那是个懒洋洋的周末的懒洋洋的午后，不疾不徐的风吹在身上像按摩一样，不皦不昧的阳光也像按摩室的光线，四周的人们在安详地散步、游玩，一贯吵闹的候鸟也戢羽而游，不怎么争夺吃食。闲聊中，我提到他的嗜好，说我自己也曾效仿几回，总不怎么能够把想象放纵开来。Z君微微一笑，没有说什么。

我左右扫视，自以为发现了可歌可泣的人士，就对他说："看那个人。"那是一个老者，站在一株树下，盯着水面看。Z君说："他有什么特殊之处吗？"我说："他在那里站立很长时间了。他这个年龄的人，或者安步当车，或者安坐不动。两百步前我就看到他站在那里，此刻还是，一动不动的，多半是在想什么心事。是什么心事，能让他如此出神，不顾水光的晃眼呢？"Z君说："我想不出。"我说："你是最能编的，总是编出点故事吧？"Z君说："唉，我放弃那爱好，已经有好几年了，没什么特别的原因，只是想象力枯竭，要不就是对人事不那么感兴趣，反正脑子里什么想法也没有。还是你说给我听吧。"

我说："这个人在我看来像个退休的医生。他这一辈子，治愈过无数患者，自然也失手无数次，其中让他最难忘的，是一个患者，经常来他那里住院，而口称的病症，又多是主观的，每次都是安慰性地输些不凉不热的液体，吃点不痛不痒的药片，混几天出院。次数一多，他们就厌烦了，加上床位本来不够，最后一次，把他打发走时，言语又不太客气。几天后那个人就在这个地方，投水而死，原因却不得而知。这位医生，虽然公认没有责任，却摆不脱心里蜂拥而出的疑惑，他先前的许多信心，都动摇了，对于自己的行业对人类生活的影响，也觉得是一团迷雾。今天走到此处，想起旧事，难免出神。"

Z君哈哈一笑，说："不错。不过要我来说，这人是个画画的，今天在这里是看水纹儿。"我说："那自然可能，不过算不上什么有趣的故事。"Z君说："是没什么趣，却是真的。这个人我认识，是我内兄。另外，他也不很老，今年还不到五十岁呢。"

第三辑

———

夜间游戏

爱好是软弱的

同席的一位先生，可能是担心我对他所在的行业敬意不足，向我举证说，他们"单位"有的人，一下班，便换了衣服，去听歌剧。也就是说，八小时之内看不出来，八小时之外是很有"精神追求"的。对此我当然没有异议，不过在讲后面的话之前，先要声明，断定人的某些爱好比另一些爱好更有"精神追求"，在立论上是危险的；此处只是暂时承认听歌剧一类的事，与他事相比，至少是同样"高雅"，古人不也说嘛，"听其雅颂之声，志意得广"。

音乐之移人，是公认的，移人到什么程度，才是不得而知的。假设我们身处歌剧院，从台上向下看，满满一大屋子人，均正服正色，如醉如痴，我们能够合理地想象，这些人在日常的生活和工作中，与隔壁的另一群人（不便举例），有其他爱好的一群人，或没什么爱好的一群人，有什么显著的区别吗？

这里的"显著"一词，是模糊的。但不管怎么措辞，对前面的问题，我只能相当遗憾地说，不能。《乐记》里有一句话，"乐观其深"，意思是音乐对人的影响，是藏在深处的，如果诚实一些，"深"的同义语在此处是——在别处也往往是——不清楚，说不准，随便瞎说可矣。尽管持此"深"论，《乐记》，以及写在别处的古典理论，无不相当确定地认为乐关治道。比如将桑间濮上之音定为亡国之音，按道理说，如果一件事强大到足以亡国，那它也强大到足以治国，但先贤虽然将礼乐刑政并称，但要让他们谱写出或建议出足以治世化民的音乐，又做不到说不出，让人怀疑这种理论的主要用途是压制那些他们认为会使人民从对他们的崇拜中分心的音乐。

我最近一直在鼓吹爱好是美妙的，爱好使人之能力得以用纷繁的方式来发扬或保存，有点像"离场备份"，而这越是在整齐划一的社会，越是珍贵。不过我也得承认，爱好是软弱的，它与利益无关或甚少相关，而所有人包括你我，除了睡着的时候，都是以利益为先导，有的人约之以原则，有的人连原则也不需要。

还以音乐为例。戈培尔曾说德国人是全世界"音乐性"最强的民族。希特勒的生日庆典上演奏的是贝多芬的《第九交响曲》。海德里希酷爱莫扎特。贝多芬和瓦格纳，按照学者的分析，确有可利用之处，但莫扎特？纳粹当局也确实将莫扎特贴上爱国者的标签，然而那毕竟是莫扎特呀，我不相信会有人在听他的音乐时，还能记得什么德国精神之类的鬼话。不过又如何？如果音乐不能给对音乐有强烈爱好的纳粹德国带来能观察得到的柔软，我们凭什么相信它在别的时候，别的地方，会有什么左右人的力量？

说得简单些，嵇康不相信有所谓"外不殊俗，内不失正"，我也不信，如果走路像鸭子，游泳像鸭子，叫声像鸭子，我不相信此物心中藏有一只鸡的灵魂。

不过，人的一致性，是个说不完的话题。对此的一种误解（其实更经常地是为了自己方便，有意曲解和忽视），是将人不该一致的地方视为一致。有时它只是有碍认知而已，如《世说新语》中有这样一条："卞望之云：'郗公体中有三反：方于事上，好下佞己，一反；治身清贞，大修计校，二反；自好读书，憎人学问，三反。'"这就是寻常的糊涂话，对郗鉴也没什么伤害。然而更多的时候，在无法推论之处强行推论，是相当危险的，什么"三岁看老""片言折狱"之类，或是精通读心术，或是以为一切都在自己临瞰之下，不知道的，俱不存在，不理解的，都不是道理，你既如此，一定如彼，我的愚蠢和狭隘，是这个世界得以成立的主因。

在另一些地方，在理性负责的一些部分，或在人们宣称其为理性指导之时，或在行为虽由欲望驱动，对行为的解说则以演绎形式呈现时，我们则有理由期待某种一致性。古谚说："人而无恒，不可以作巫医。"给人算命的，一种卦象总该只有一种解说，如果不灵，便该淘汰此说，而不能任意弥缝；给人看病的，一病百方，治死了总是别人的错，那也不好。假如有人在此，腹中蕴藏无穷无尽的道理，一理不通，立易一条，一计不施，又生一计，转运流利，连面上的笑容也不必变更，那我们会失望的，因为他可信赖的程度，只剩下七成，那还只是因为他的身体里有百分之七十的水。

我相信人都有过如下经历：一个我们很熟悉的人，忽然因为什么事件，说出一句话来，将我们吓一大跳。我们简直不敢相信，他会有这样的念头，因为那不是飞来峰，背后当有一大套东西来支撑，人才说得出那样的话，而它与我们一直所认为的他的观念体系，全然相忤。于是只留下两种可能：一种是，他的哲学是破碎的，不同的部分起源不同而且其间没有逻辑关系，而他又缺乏内省；一种是，他心中远有更深刻的、一直不为我们所知的驱动，思想对他只是些方便之物。只有如此，看似矛盾的主张，才能合理地共存于一个人身上。

无论如何，这个人或者因其思想的随意和零乱，或者因其危险，而显得不太好信赖了。假如这个人是我们的朋友，就有点麻烦，因为友情面临选择，或者认为他是不一致的，那些美好的地方照样美好，或者认为他是一致的，则那些美好的品质就成为临时的，浮浅的，难以指望的。

前面提到的《世说新语》，是又有名、又好看的书，但拿此书来知人论世，则容易为人所误。我当年先读到《世说新语》，喜欢得不得了，里边的人物，不是清识难尚，就是至德可师，或者旷澹萧条，或者温润恬和，在书中是一时之标，在后世看也是千载之英。好几年后才读到正史，顿时心中一凉，那些可爱的人物，除寥寥数人外，不是苟且，就是贪黩，或者残忍，或者糊涂。这令人不得不想，从正始名士到中朝名士，这些人的雅好，我们应该放到一个什么位置上去理解呢？

西晋之亡，中国丢失北方给蛮族，当时便有"清谈误国"（虽然没有这个术语）的总结，如王衍的沉痛之言，又如东晋虞预，其论阮籍裸祖，认为这代表了礼教云亡，直接导致"胡虏遍于中国"。这类意见，十分流行，特别是在正人君子之间，不过渐渐地，也有人出来反驳，比如一位当代学者，说西晋之以名教治国，恰恰是灭亡的主因。——这观点仍有过简之嫌，不过将晋亡归咎于"名教"治国，总比归咎于"祖尚浮虚"要靠谱许多。因为清谈也好，贪玩也好，大致是"八小时之外"的事情，至多侵蚀了一些"八小时"，而是辈在八小时之内，本来就做不来什么好事，便不清谈，岂得不误，误得少些优雅而已；而责人乃至责天下以不可能实现的道德高调，即所谓名教者，除了率天下以伪，没有别的可能。古典式政治，以行政当局为道德的执鞭人，这本身是僭越的，那本不是它有资格管的事，而其结果，就是一次又一次地败坏道德，因为它迫使人虚伪，迫使人将本该是原则的东西，当作权宜之计，经权之别既泯，一切原则，都不过是方便之门，而人内心中的道德要求，慢慢地也就被摧毁了。中原至此，纵未亡国或未到顾炎武所说"亡天下"的程度，较之北方的蛮族，其道德和政治上的优越地位，已先荡然了。

且越是这样的地方，人们越是满口仁义道德。本来是严肃、沉重的命题，在此轻如鸿毛，需要时顺手拈来，不需要时如弃敝屣。只要方便，随时可以将自私的追求，粉饰为高尚的事业，轻轻松松，便能将别人推向地狱，何乐而不为？本该自惭之处，只觉自己聪明；本该自责之时，永远翻怪他人。本来是自己一时私欲，偏要说成是普遍的道理；本来是普遍的道理，偏说是别人的私欲。自己做坏事时，乃说人人均此；自己做好事时，则如法外施恩。又如鲁迅所说的放债，且为自己在未来做坏事而预留伏笔，因为那将不过是收些利息而已。

在这些方面，我们有理由索求一致性，因为一旦人声称了道理，标榜了原则，就不能再有如欲望所拥有的豁免权。我们不在意一个人追逐私利，因为人皆如此，我们在意的是有人将私欲伪装为公义，已有的准则，但有碍者一概推翻，又无中生有，将权宜之计建为大道理，事事如此，或是留下一地瓦砾，或是留下一堆歪理。

回头来看《世说新语》中的故事，美好的趣味和品质，自身总是美好的，哪怕它是以软弱和分裂的形式存在。这里，我们不再强求人的一致，毕竟，书中那些人物，确实也没声称自己说的话便是常经，干的事可为万世法，相反，在当时的风尚中，多承认自己是随意的。

对我来说，如果要继续赞美美好，颂扬人的一些难以驯化的品质，我就不得不欣然接受，人在此不必一致，而爱好之类在对人的影响上，是软弱无力的。比如听歌剧是很不错的，那么，散场之后，人们爱去干什么干什么，我才不管，哪怕有人去杀人放火，也丝毫不影响听歌剧这一爱好的美好，只有这样看，才能毫无负担地赞美说：歌剧这东西，没什么用。最好是大家都认为爱好是没什么用的，不如此，它们将难以幸存。

钱钟书觉得陈寅恪的学问净是些没用的玩意儿，例如"为柳如是写那么大的书"，与济世何干。公平地说，陈寅恪倒也从来没有认为自己的研究有那种"用"，以那类大道理相责，无异于庖人不治而罪尸祝，管事的把事情做坏了，却去怪那不管事的，但若说换后者去管，前者又第一个不肯，此时有用无用之辨，有何意义呢？钱钟书后期的工作，确实是有用了，但以此有用与彼无用相比校，哪一个更能使这个世界变得略好一点呢？

　　说不清。毕竟人之爱好的意义，不是使这个世界变得更好，是使这个世界变得更有希望。

夜间的游戏和爱好

　　一个旅人，到了投宿时分，看到山坡下面有两个美丽的村庄，在夕阳下向他招手。这位旅客的眼神和耳力足够好，看到里边发生的事情，听到喧嚣与安静。其中的一个村庄，人们有的在行走，有的懒散地坐在那里，似乎什么也不需要做，他们服装各异，有的还很不得体，时而为一些小事情争吵，时而为蝇头小利聚在一起，很快又分开，像孩子一样没有长久的兴致。街上有小贩和成堆的货品，然而人们不知餍足，不停地抱怨，牢骚，讽刺，谩骂。

　　第二个村庄又安静又整齐，杨柳成行，而且是自愿地如此生长。没人在工作的时间寻欢作乐，没人在娱乐的时候扫兴，没人在休息的时候做些奇怪的梦。人们彬彬有礼地微笑，那一看就是真诚的，而不是出于愚蠢、怯懦或疾病。这里的生活是俭朴的，又充盈着远大的理想，可以从人们的语言和街上的标贴看得出来。最重要的，是这个村庄没有抱怨和哭泣，它的声音有点像和风拂过芦苇的梢，美妙得如同出自作曲家之手。

这位旅人叹了一口气，投向那个乱糟糟的村庄，因为他是一个有经验的人，知道这个村庄肯定不会太好，又知道那个村庄虽可能好到极点，但也可能坏到极点，他胆子小，不愿意冒风险。

问题还在。如果仅从展现于外部的特征，如何来判断一个时代、一个国度、一个城市或村庄，是处于无可救药的悲惨状态，还是处于生机勃勃的兴盛之中？还有，如果没有历史和外部世界可以参照，生活在某个特定社会中的人，如何知道自己过得如何呢？

人类历史中有所谓黑暗时代。创造这一概念的彼特拉克，本是在批评他的时代文学的昏昧。文学？我们会疑问，就算没有好的文学，一个时代会因此而难以容忍吗？当然不会，然而，文学并不会由于自己的原因而堕落，文学的堕落，是一个时代在深刻的地方发生堕落的一个可靠表征，它不是堕落的原因，它甚至不是堕落的主要后果，但见微知著。我们看到鸟儿惊慌地从桅杆上飞开，便知道这条船有了麻烦。同样，当我们看到很长时间里，一个社会不曾有任何有活力的创作，所有的作品都千篇一律，死气沉沉，不是空洞浮夸的吹嘘，就是谨小慎微的应和，那么，不管这个时代仅存的作品如何滔滔不绝地告诉我们他们生活得如何好，我们可以相当有把握地说，这是个悲惨的时代，这是个倒退的时代，这是个麻木不仁的时代，这是个心灵瓦解的时代。

彼特拉克是对的。在他所抨击的时代，以及人类历史中出现过，以及将会出现的一些时代，我们称其为黑暗，还不是因为那些时代、那些地域中的人过得比所有祖先更悲惨，或比世界上其他地方的人更蒙昧，我们称其为堕落，是因为他们是从一种更灿烂的文明中倒退至此。有时这种倒退是因为灾难或战争，如迈锡尼文明毁灭之后的二百年里；更多的时候，人们只是简单地允许自己这么做。这些时代的人，察觉不到自己的苦难，因为历史或者被消灭了，或者被篡改了，他们不知道在外部的一些地方，或者，更重要的，在自己生活的地方的从前，人们曾经过着另外一种模样的生活。他们认为生活本来就是如此，艰辛地劳作，获得可怜的食物，住在潮湿之中，每天一黑就上床睡觉，随随便便地夭折，轻轻松松地顺从。

他们也会感受到个人的不幸，不过除了命运，看不出有什么可抱怨的，再说那些遭受额外不幸的人，就算发现了一缕教训，也不大有机会传达给别人。他们的不幸如果说对世人有什么启迪意义的话，也不过是让活着的人更加得意，从同类的不幸中得到的教训，是愈发觉得自己是幸运儿，是生存技巧的集大成者，趋利避害的大师，生活哲学的教科书。何况还有高尚的情感，抵消日常生活的苦痛。其一是对遥远的异教徒的仇恨。有作家描写过衣衫褴褛的牧猪奴，因为身份低下，不得凑近来听，就离开十来步，侧耳倾听远方来的过路人，给他们的主子讲述豪士们征战的故事，他们的脸因此光彩洋溢，那份真挚的热情，不弱于贵族，还有以过之呢。其二是对教会、领主或别的长上的热爱，这种神圣的依恋如此纯洁，能让热泪——那是他在丧子之痛中节省下来的——滚滚而出。

万一陷入此境，人类如何能走出来呢？考虑到黑暗时代可能长至千年甚至更久，我们真不敢说有什么可靠的途径。我们会说黑暗时代的人类背叛了自己的天赋能力，他们本来能过得更好，却让那些能力沉睡，或运用于低下甚至可耻的事务，然后我们指望人类的能力终于掩盖不住，一点一点地冲破开来，——这也许是可能的，然而太漫长了，人没办法仅靠审视内心，就发现自己有好大的本事，好大的使命，那是不大可能的。

就算是可能的，从哪里开始呢？很多事情，我们得向帝王将相学习，他们的直觉更敏锐，他们的技艺更成熟。他们会大力提倡一些事，同时大力压制一些事，这等于告诉我们该怎么办。比如说，越是严苛的牧者，越是对法统之外的个人乐趣皱眉，就算没办法禁止，也要想办法引入正道。某教派曾严厉地说，闲适是灵魂的死敌。是啊，人一闲着，就有机会自得其乐，就有危险发展出一些个人的而非颁布的渊源。有标语说："蹲在墙根晒太阳，不能起来奔小康。"又曾有牧羊人，看到一只羊喝过水之后，盯着水面流连不去，便把它杀掉了。牧羊人说，它在照镜子啊，今天会照镜子了，明天不一定弄出什么古怪来。这是个很好的故事，它让我们对"日之夕矣，羊牛下来"的牧歌所描述的恬静光景，有另一种看法。

渐渐地要说到爱好和游戏了，它们的共同之处，是没什么用，就像羊除了长毛和产奶，还要做些别的。说到这里，我觉得自己很可悲，因为找不到可靠的教训，就把眼光投向些零零碎碎的小事上。假如人类能保证自己不会陷入黑暗之中，谁会在这里强调游戏、爱好、不务正业，这样一些支离行为的意义呢？有那么多条康庄大道，每隔几十年，在我们的面前就出现一条，有时一年里同时出现好几条，假如这些大道果真能将我们带到甜蜜之境，而不是相反，谁会拿眼睛盯着那些歧路，惟恐被荆棘掩盖而辨认不出来呢？

要知道，就是在黑暗的中世纪，当人们过着年复一年的粗糙生活，很多精致的生活方式或者被当作腐化而消灭，或者被遗忘的时候，当绘画和音乐沉重得像石头的时候，当全社会的人九成是文盲的时候，有一类行为不仅得到保存，还保存得很好。我们敢于这么推断，是因为许多游戏在几千年前就有了，当埃及和希腊的名字都被人忘掉时，他们创造的游戏，能够越中世纪而不朽。在十六世纪的尼德兰地方，有个叫彼得·勃鲁盖尔的画家，画过一幅《儿童游戏》，有点像我们的百戏图，里边有八九十种游戏，从其成熟和壮观的程度看来，自是流传有年。

而且看着亲切。在画作的左面墙角那里，七个孩子，其中一个蒙着眼睛，在玩什么。我已经忘记了它在我们那群孩子中间的名字，我想各地的孩子，对它都有自己的叫法。和彼得·勃鲁盖尔画这张画同时，中国明代的沈榜写了一本《宛署杂记》，里边也记录了这游戏的一种形式，名之曰"瞎摸鱼"。据大百科全书说，这种游戏在希腊化时期就有记录，我们可以合理地推测，在有记录的很早之前，不同地方的儿童，已经发明了它的许多变种。

还有水枪，吹肥皂泡，把秋千，翻跟斗，抓子儿（在我们东北，用蒙语称之为抓嘎拉哈），石头剪刀布（我们小时候叫金刚锤），踩高跷，跳山羊，骑竹马，滚圈儿，用猪膀胱做水球，弹石子，关刀（我不知道它在别的地方叫什么），老鹰抓小鸡，击柱戏，扒沙子，爬树游水之类。还有些没什么名字，比如在手指上平衡一根木棍。

这些是我见识过的。还有很多在我们这里没有。对了，不能不提那种叫"骑驴"的游戏，每到课间，孩子们倚墙，鱼贯弯身成为一列，另一队孩子依次恶狠狠地跳到他们背上，还要尽量大力地向下砸，以定输赢。这种游戏有什么用呢，特别是与它的危险相比？然而它在全世界，包括在南美洲和非洲，都有自己的变种，当我们谈论人类天性时，还是先看看孩子们在做什么吧。

文艺复兴时有一批人反对把灵魂和身体区分开，在今天看，这是让人昏昏欲睡的主张，在那个时代，则当得上危言耸听。因为当时的大势力，是将身体当作灵魂的泥潭和枷锁，你要是说一种游戏"至少能强健身体"，人家会说："然后呢？须知魔鬼的仆从也是很强健的。"这一"然后"，就让人张口结舌了。今天的人鲜作此想，但将人的精神分成两部分，则与中世纪的路数无二：一部分是可以教化的，便于约束的，就像很好的器物，自带说明书和维修工具；另一部分是魔鬼所宅，专门接受诱惑，引导人做些没用有害的事，只可惜不能用手术来移除。现在不能，将来可就难说了。

且说旅人来到第三个村庄。这里的人早早就睡了，为的是明天更有力气工作。在夜间，这个无聊的旅人出来踱步，看见一个小屋里，有一个人在将白天里搜集的树叶，一片一片地夹在书页间。他偷偷地做这件事，只敢用很微弱的灯光，一会儿口中啧啧有声，一会儿又叹气，夹完后又翻阅以前的收藏，脸上便有白天不曾流露的表情。旅人见此，多少便安了一些心。

好而不乐

有两个老话题，第一个是感叹：要是能以爱好来谋生，该有多好呀。这一次，感叹来自一个喜欢下象棋的朋友，他有体面的职业，每天以训斥下属为乐，然而宣称，只有下棋的快乐是纯粹的。我不知道纯粹在这里是什么用法，很怀疑我们的精神中有任何可与这个词搭配的东西，但若不抬杠，也就明白他的所指，其实是专注，忘却外务。他年轻的时候，被太太派去采买酱油，要到第二天凌晨才买得回来，谄媚地附带四根油条，其间在什么地方做了什么事，不问可知。到现在还因为下棋，被太太教训，被女儿皱眉，躲到街边的棋摊去蹲着，还要被同好抢白，被一个微服出访的棋手赢得四大皆空，被过往的自行车撞得屁股生痛。这样深沉的玩物丧志，他不下棋是达不到的。

所以他说，要是早年当机立断，去做职业棋手，就好了。本来这类个人爱好，都是赔钱的买卖，一旦以之为业，乐在其中的同时还能挣钱，养家糊口，买房子，

151

买棉帽子，岂非人生之至快。

我对这类宣称一直都是挺怀疑的。比如古代的文官，日常行径污秽不堪，然而人人声称自己本来大有出世之志，只是为了君主和人民，不得不屈志从俗，委委曲曲地做着坏事，将贪污来的钱修个大园子，种些清雅的兰竹，寄托自己的山林之思。一旦被赐归或放逐，却不见哪个眉开眼笑，都是哭天抹泪，将家产装了几十大车，雇保镖护送着，一步三回头瞻望帝阙，当然，写起诗来，还是要说"时泰解绣衣，脱身若飞蓬"等。

我的朋友当然不是这种人。他是真喜欢下棋，竟曾打算把孩子培养成棋手，来承接他的未遂之志，所以生了女儿之后，很认真地皱眉说，当女棋手还是太难了。他的真诚没有问题，问题是，我不认为真诚本身构成什么可贵的品质，——我的朋友是可贵的人，有几十种可贵的品质，这里我只是在探讨人的精神倾向，从而认为，真诚，就像勇敢、勤劳等许多有价值的品质，我们或者不认为它们是一种德行，而属于另一类价值，或者，如果我们必须使用德行的尺度，认为它们本身是中性的。举个极端的例子，我相信希特勒曾经感叹过："我要一直去画画多好呀。多么纯粹的快乐，多么符合我的天性。"或者是他的传记里有类似的记录而我没读到，或者没有被记录下来，或者没人听到。（不过他确实说过："等波兰之事一了，我就要去做个艺术家。"）我还相信希特勒做类似的表达时是真诚的，正如他说完之后，又真诚地去完成他所相信的使命，比如"解决波兰问题"。

趁没扯远，赶紧引出第二个老话题，这回是我说的。我宽解朋友说："以爱好为职业未必有多好，可能会少了许多乐趣。"朋友点头称是，叹一口气，把心收回到火热的当代生活。

将爱好化为立身之业，真的会减少乐趣吗？我不知道。也许，这类说辞不过是精神胜利法，类似于"当皇帝有什么好，那么累，连地震也要管"之属，非不乐为也，是不能也。

孔子有名言："知之者不如好之者，好之者不如乐之者。"对前半句，注家说是因为"利在其中，故不如好之者"。所谓不如，又涉及"纯粹"了，因为从"总量"来说，假如一个人，因为下棋之乐，微笑时的口径是半尺，以此谋生之后少了二寸，然而利益带来的乐趣，又使之加阔了四寸，难道这人不是更快乐了吗，他的笑口难道不是宽达七寸了吗？当我们快乐的时候，谁能分清哪一缕是从东边来，哪一缕是从西边来？论者或说，利在其中会带来烦恼，烦恼会中和掉一部分快乐。诚哉其言，不过，说来说去，宽狭利钝，总是一笔糊涂账。我们谈论快乐的时候，凭我们目前的浮浅所知来说，实是在谈论神经信号，或别的什么结构，反正是经验的物理对象，而非超越之物。对我们头脑中的一些事，在经验尚如此粗糙的时候，强在概念上条分缕析没多大意义，比如孔子指示的后半句话，怎样是好之，怎样是乐之，后人与其想阐明其间的分别，不如简单地认为孔子不过是在修辞，让语句，而不是思维，顺势而行。

我的另一个朋友，自己喜欢围棋，真的促使儿子成为一名职业围棋手。我们没有深入讨论过这件事，我私心猜测，兴趣使然之外，也许他的想法是，下棋毕竟是简单的工作，枰上风云，牵涉的是非总会少些。三国时吴国的韦昭写过一篇文章批评时人不干正事，废寝忘食地下棋，说下来下去"所志不出一枰之上，所务不过方罫之间"，有什么用呢，遂大义凛然地质问："一木之枰，孰与方国之封？枯棋三百，孰与万人之将？"不知道他是迂腐还是憋着什么坏心眼，真不知道还是假装不知道在他的时代，博取"方国之封"哪里是那么轻松的事（他倒是封了侯，最后被孙皓杀了）。古代尽多这样的人，自己上了贼船，看不上船的人就不顺眼，动不动就以"经国之大业"相责，其实都是些腌臜勾当。

又说远了，且说棋史中的一些人士，他们的经历，有令人羡慕之处。比如日本的第一代本因坊算砂，生活在战国时代的末期，几个有势力的武人都很尊重他，织田信长找他下棋，丰臣秀吉给他建立棋所，德川家康更是把他捧上天。棋界也不太平，有所谓的四大家，年年争斗，但这些争斗，不过是临局交争，单看棋史，几看不出外面正天下大乱，打得血流成河。棋手在乱世尚能全身葆性，何况今太平盛世，将自己的智力集中于方寸之间，岂不活得更加轻松？

未必。我们读到的有趣故事，都发生在很久之前；当代生活的繁复和尖利，有古人所难以想象的地方。棋手若果能专注于枰上还好，但这些人都是很聪明的，难免有剩余智力，进而关心很多事情，关心则乱，何况许多事情，你不关心它，它也会来关心你。有这么一位老国手，他对当代社会的见识，无论是宽广还是深刻的程度，都让我在嘀咕"一法通，万法通"之余，不由得去想，看来下棋也不是遁世之道，也许曾经是，但早就不是了。

说到底，将爱好转化为职业的得失，实取决于这种职业的状况。下棋尚算是一种安静的职业，被卷入其他体系的程度，还属轻微。不妨看另一种例子。滑板本来是少年人的街头活动，政府、店铺老板和我这样的老同志，见了是要皱眉的，越是皱眉，这种活动越有叛逆的意味。现在却不同了，滑板也好，受它启发而衍生出来的技巧滑雪也好，早已升堂入室。

假设有这么一位爱好滑行、擅长在空中翻转的少年，和我们一样，在喜欢危险的同时也喜欢掌声和欢呼，喜欢竞赛，喜欢钱，很自然地会想，为什么不趁年轻时，用这个技能挣些钱呢？要挣钱，他需要加入组织、机构、协会，不管它们叫什么，加入它们组织的比赛，因为它们控制着竞技场、观众、转播权、规制和胜负、解释和意义。

这有什么不好吗？想一想现代舞吧。脚尖落下了，胳臂肘又提起来了——或别的什么规矩，我不知道，反正绕了一圈，先锋们所反对的东西，一样一样地回来，比先前更强大，比先前更老练。滑板或技巧滑雪界的邓肯们想要表达的自由姿态，变成了规定动作，每一个新颖、危险、花哨的动作，始于个性的一次迸发，终于个性的一次湮灭。能怪谁呢？连我们这些观众，也早已被教训得不敢判断，我们在发出呼声和嘘声之前，得看看裁判的脸色（至于裁判要看谁的脸色，不是我们应该打听的），因为只有他们才知道，表演者的膝盖是否绷直，脚尖是否绷直，所有能绷直的地方是否绷直，以及其他的、会影响分数的姿态。是的，分数，比赛的人战战兢兢地盯着分数板，我们也盯着，等待，再发出欢呼，我们不想显得像个傻瓜，对吧？

还有谁和我一样，本能地厌恶任何打分儿的竞赛？

那些分数，有的精确到小数点后好几位，好像他们在从事一件科学工作，需要极为专业的知识和器具。这些裁判，无疑都是内行，是知识丰富的人，但当供职于这种体系的时候，就算是他们中间曾经最不平庸的人，也已经让自己最平庸的一面占了上风，他们的知识，被用来将一种活动的精髓和风味剥夺得干干净净，瓦解为一系列雕虫小技的堆砌，世上再有趣的、再奔放活跃的事，也敌不过如此深刻有力的瓦解，无一例外，都得拆拆装装，最后再褛上精细的奶油，打包儿供奉给我们这些观众，再连我们一起供奉给此种或彼种社会组织。

普通的观众如我者，被隔断到一个安全的距离上，我说的是在价值判断方面，我指的是对于社会组织的安全；这类竞赛，对我们也是一种培训，训练我们不要师心自用，安逸地将自己的能力外包出去。社会分工，不是吗？是我们纵容了那些人，那种官僚体系，那些人寄生于行动者的身上，高高在上，心满意足，测量旋转的角度，制定苛细的章程，自以为是出题人，孜孜不倦地将任何自发性的活动编入权力的结构，任何竞技被他们的手碰过，都变成了时艺，还有那种体系，有能力混淆灰暗与明亮、尘埃与珠玉，我想这也是有那么多人觉得还是待在里面舒服的原因。

说回正题，以爱好为业，利弊孰多孰少，是个没有定论的事。我的意见是，如果喜欢下棋，以棋界目前的状况，不妨一试，如果一个人碰巧喜欢的是什么热门事，有望影响大众，进而获得权力的青睐，获得意识形态意味，那就要小心了。

坏的爱好

　　世上可有坏的爱好？我的回答会是没有。谁也不会否认，有人沉迷于有害他人的行为，但我们用定义将这些行为从爱好中驱逐出去，放到犯罪的类别。爱好的另一种特征是交流，有同种爱好的人会形成一种结构，同声相应，同气相求，传递技艺，有时还比赛呢。而至今未见有人登出"本人酷爱谋杀，征寻同好"的广告，说明同为沉迷，泾渭有别。当然，也有些害人精，不但到处吹嘘技艺，还有联盟，有学会，有专门的著作，有定期的庆祝，这一类，我们通常归入政治，也不当它们是爱好。

　　维基百科有一个爱好列表，那才叫开眼呢。我在上面看到许多先前闻所未闻之事，比如说，有人爱好负重，这真让人的"常情"倍受冲击，听到这样的事，我们的反应会是，"真的吗"以及"我为什么碰不上这样的好人"之类。还有一种爱好是"手捉鲇鱼"，——听起来挺有趣，因为鲇鱼很滑，用手来捉一定需要特殊的技艺，其实挺危险，因为鮎鱼本就会咬人，这些人追逐的又是藏在洞穴中的大鮎鱼，最好是一米以上的，而鮎鱼一大，牙齿料亦随之，何况还有别的动物会藏在鮎鱼的旧洞里，如鳄鱼、鳄龟、海狸、蛇，都是有牙齿的，所以爱好者所冒的一种风险是被咬掉手指，而世上又没有接手指这种爱好。（顺便说来，还有一种和鱼有关的爱好，维基列表中所没有的，是用手指自后而前挠鳟鱼的肚皮，有点像养猫的人会做的事情，鳟鱼不会打呼噜，却会被催眠，如果挠得对的话。莎士比亚的《第十二夜》便提到过这种技艺，梁实秋译为："一条鳟鱼就要来到，稍加抚摩就要被捉到了。"）

有样很特别的爱好：把蚂蚁当宠物来养。这又是一种容易激发霍拉旭式疑问的事。"为什么？"我们会问；为了展现自己的清白无辜，远离怪僻和可疑，我们在如此发问时还要装得很苦恼。养蚂蚁肯定是不同寻常的，但这种不同寻常在于它的稀有，而非在于驱动这一嗜好的人类心理，若论后者，没有比养狗更异常的了。原来，养蚂蚁这种爱好是观察和研究性的，和一门叫"蚁学"（myrmecology）的学术有关，据说，蚂蚁的高度社会性令人着迷，有人甚至认为，能从中学到点什么，以助人类社会迈向更有效的组织形式。这种主张本身很是令人怀疑，因为在我看来，人类已经过于和蚂蚁相像了，而不是相反，但养蚂蚁仍然是种值得尊重的兴趣，许多养蚂蚁的人并没有针对全人类的雄伟居心，只是被富于细节的事物和过程吸引。

意外的是，国内也有养蚂蚁的人（不是为了牟利，只是爱好），而且还不算很少。我是在互联网上查询中文的"蚁学"一词时才知道，在这以前，和绝大多数人一样，毫无察觉。不知有多少种类似的兴趣发展，就在我们鼻子底下，进行许多年了，而"圈外"的我们一无所知，这真是一件让人欣慰的事情，特别是在已知的事情令人厌倦甚至绝望的时候。这些千奇百怪的兴趣，如果可以从物理学借用一个名词来形容的话，展现了人性和社会组织的"各向异性"，一个不知发生在哪里，因何而起的微小涨落，总能找到机会，呈现为颇具规模的起伏，令从古到今一切想将人性和人类社会熨为一张平纸的努力，终归于白费力。

是的，没有坏的爱好。但得承认，再好的爱好，也有可能给人带来坏的结果，打麻将有时会以打架来结束，打桥牌也曾导致浴室里的枪击，有些爱好对自己是危险的，有些则给别人带来不便，世上有多少种爱好，就有多少种来自他人的抱怨，不过这一切都从属于普遍的人类特性，只有迁移而不能消灭。你把一个丈夫从象棋摊儿叫回家，他就会去洗碗吗？不会，他会闷闷不乐地躺在那里，想些祸国殃民的事情。

若定要说什么坏话，我想的是另一方面的事情，就是有人的爱好，真的实现得很糟糕，让我们憋不住地要劝他说，去干点别的事情吧，去扒火车，去养狗，只要不是这个。不过最近我想通了，转而认为劝人禁绝一种兴趣，是危险的事。比如说，一个人喜欢捉鬼，听着很荒唐，但我们永远不能确知，他在这方面的热情被阻止之后，会换到什么地方继续燃烧。

我曾经偶识一个喜欢画画的人，自称在人生的十字路口，踌躇要不要把这种爱好继续下去。他的苦恼来自没人喜欢他的画，一个人也没有，这让他怀疑自己没准儿是怀才不遇的天才。我看了他的画的照片，然后在脑子里搜索词汇，因为找不到现成的语言，既不会毁坏宴饮的气氛，又表达我对他的诚意。那些画真是太糟糕太糟糕了，我是艺术的外行，但一个平常的人，只要尚未入睡，就有资格感到受冒犯，你把一只癞蛤蟆扔进油漆桶里，再扔到纸上，留下的痕迹，如果和他的作品相比，也属可亲可爱；那是少有的机会，我们就用上"令人作呕"之类的词，而不算夸张。

那是个热闹的场合。我在构思如何劝他改邪归正的时候，有幸听到他对艺术之外的事情发表意见，然后我就换主意了，把想好的话咽回肚子，改对他说，绝不应该放弃眼下的兴趣。"真的吗？"他说，眼神光芒四射。我向他谈到人生的不满、精神的自足，看到他有点犹疑，连"走你的路吧"之类的话也说得出口。没再见过这个人，无从知道我的话对他有何影响；我希望有些影响，因为在他那里，我看到人类某些历史性幻想的实现机会，比如"希特勒要是继续去画画，该有多好"之类。这话说得有点夸张，不过我相信，他的画虽近乎犯罪，却是他可能从事的最微小的犯罪。至今，在新闻中听到什么糟糕的事件，我有时还想，怎么回事，那个人不画画了吗？

前面说过，爱好的一个特征是同好间的交流，这种交流不一定在个人之间进行，但至少得加入技艺的共同体。我从一个熟人那里发现，要是没有这种交流，一个人在家里瞎鼓捣，多半鼓捣不出什么好东西。他的爱好是把各种液体混合起来，企图制造出又奇特又普遍的口味，奇特到每个喝过的人都不会联想到以前喝过的任何一种东西，普遍到人见人爱。

是的，一种"终极饮料"，每个喝过的人都不会再喝别的东西了，因为已经死了——这是玩笑话，我检查过他的原料，所有的瓶子罐子，里边没有任何有毒或可疑的东西，实际上都是市面上易见的可饮用液体。他有点像炼金士，毫无原则地把各种东西混在一起，指望奇迹发生，好在他并不加热，不会引发化学反应，不会造出有毒的东西，他喝过自己拌出的每种液体，至今活得好好的，可为明证。

每次喝过他递来的蓝汪汪的或绿油油的液体，我都哀求他，去扒火车吧，去从政吧，只要别干这个。这些话当然无效，反而招来他的无情嘲笑，他还威胁说，将来他的饮料帝国建成后，就算给我一间办公室，也只能安排到厕所的隔壁。我说在你的大厦里那是最好的地方了，他说那就让你去做公关部长，他很了解我，这种威胁总是奏效的。顺便说，我不能确定他的瞎鼓捣算不算一种爱好，因为除了缺少同好交流，他还有商业动机，而爱好应发自纯粹的兴趣。

世事难料。谁会想到，他真的造出了终极饮料。喝过之后，我一时无语，他趁机指示我给他写一段推荐语（他一直认为我是个"写东西"的人）。我认真地考虑了他的建议，认真地想，我会在什么条件下，向别人，比如说您，推荐这种"饮料"呢？

我只能设想，您一个人困在沙漠里，半年没水喝，一年没东西吃，先把方圆百里之内的植物都吃掉了，然后把所有的动物也吃掉了，然后把能找到的动物尸体，除了您自己的，也吃掉了，总算是走投无路，着手写遗书。这时我会推荐您饮用他的饮料吗？

当然不会。生命有时候没那么可贵，死亡有时候没那么可怕。要喝这饮料，得在您求生意志特别强的时候。假设您虽困在沙漠，却有一个电话，——这是很不合理的，姑且这么说吧，可以知道外面的事情，知道一些令人振奋的消息，比如说你热爱的什么队伍赢下了什么比赛，您不热爱的什么地方着了什么大火，您的上司仍然是您的上司，您的下属仍然是您的下属，这些都是让人重燃生命之火的事情，让人觉得世界如此美好，不忍告别的事情，让人相信明天会更美好，不在现场相当可惜的事情，这个时候，您尤其不想死，这个时候，我会推荐您饮用那饮料吗？

当然不会，还差得远呢。又假如您获得消息，有些人倒霉了，其中不包括您，然后又有些人倒霉了，然而又不包括您，如此接二连三，最后连邻居都倒霉了，仍然不包括您，您明白过来，自己是世上最聪明的人，策略大师，幸存之王，这时您发现自己千万不能死，一定要活着出去，把一生所学传授给众人，您从来没有像此刻这样珍惜生命，不是为了自己，是为了全人类。这时我会向您推荐那饮料吗？

差不多了，不过似可再等一等。又假如消息陆续传来，一刻不停，终于在某个时刻，您猛然发现，无论是正在发生的事情，还是即将发生的事情，先前都已发生过，甚至是以同样的次序，或虽次序小有不同，像石子掷出的先后有异，激起的波纹还是同样的圆润。一瞬间您发现了自己的智慧，紧接着知道原来是错觉，因为那不是智慧只是记忆，而且您拥有的记忆，后人也会拥有，所以并不值得述说，何况说什么都像"剧透"。除此之外确实还有别的事情在发生，只是像第二场电影，而您就所能赶上的，至多是您已经看过好几遍的第一场电影的结尾。于是您哪里也不想去了，乐极生悲，悲极生乐，嘻嘻一笑，闭目待死。这时我会向您推荐那终极饮料，把它空投给您，满满的一瓶，还有一只瓶起子。

苏格拉底的疏忽

在柏拉图式的理想国里，第一须禁之书，恰是柏拉图的《理想国》。不是因为它是坏作品，而是它太了不起了，不适合让城邦的"护卫者"读到，如书中的苏格拉底所说："愈是好诗，我们就愈不放心让人们去听"，以及"绝不能让年轻人听到诸神间明争暗斗的故事"（郭斌和、张竹明译文）。护卫者的品性，应该是小心翼翼地安排教育的结果，他们要做的是完成课程，没有必要知道教学大纲，因为里边的规划，在品性尚未均衡的学员那里，不无可能激出些幼稚的念头。书中的苏格拉底是深思熟虑的人，正因如此，他的论述，如果落在性格偏僻、识见短浅的耳朵里，多半会遇到误解，比如他说，城邦应该要求作者"称赞地狱生活，不要信口雌黄，把它说得一无是处"，所以要从词汇中删去相应的可怕字眼，诸如"阴间""尸首"等等名词。一个没有掌握思考的技艺又偏爱胡思乱想的人会对此大惊小怪，以为自己被干预了，甚至宣称自己的世界不需要化妆师，殊不知苏格拉底的主张中对个性的全部干预，都充满慈爱，越是严厉的呵护，越是慈爱的扶持。在这个例子中，是要扶持护卫者的精神免遭贪生畏死俗念的污染，那种观念和它激发出的感情一无用处，让人不能预先体会到特定条件下做鬼的幸福，又会干扰其他的教育。苏格拉底"担心这种恐惧会使我们的护卫者软弱消沉，不像我们所需要的那样坚强勇敢"，活在后世的我们，有机会看见极多的例子，证明他的担心是对的。就在我写下这些字句的同时，一支军队，正在遥远的地方逡巡不前，因为他们畏惧死亡，还没有失去全部同伴和长上，就已经想藏身在掩体中，有的还将眼睛转向身后，扫描逃跑的路线。那是一个教育失败的例子，虽然有好的设计，执行起来一曝十寒，其中的一个败因，就是设计书遭到泄露，试想一下，谁有办法，能在一个人人可以随意读到《理想国》的国度里建设理想国呢？

人们尤其不该读到的，是书中的苏格拉底谈到，他的设计有一个前提，是要由一个真正的哲学家来统治，也就是说，先有理想君，后有理想国，如若不然，这套方案"对国家甚至我想对全人类都祸患无穷"。当然，理想国的统治者，我还没听说过有哪个不是"真正的哲学家"的，不仅是真正的哲学家，还都是真正的仁者、文学家，有过人的武勇和膂力，精通音乐和其他的技艺。

尽管如此，考虑到世上没有十全十美的臣民，小心一些总是好的，柏拉图虽然高明，毕竟一介书生，没有想到把自己的著作写成两种版本，像前面引用过一些话，就只适合出现在其中一个版本之中。

回到我的主题。《理想国》也讨论到了人的爱好，虽然分散和不够明确，有些话语还是让我们觉得亲切。比如提到荷马只给他笔下的英雄们吃烤肉，从不炖肉，因为烤肉最简单，只用一把火就行了，而炖肉还得预备坛坛罐罐，太复杂了。这其中的道理，苏格拉底说得清楚："复杂的音乐产生放纵，复杂的食品产生疾病。"听着耳熟，是不是？这样的话语让我们生发"万法同源""英雄所见略同""聪明人迟早得想到一块儿去"之类的感叹，也让我们生发"我们又被偷了""我早说过咱们博大精深"之类的愤怒和骄傲，两种最符合时代精神的高尚情感。不过对我的生计来说，这样的主张却似有点敌意，因为把炖肉取消了，再把乐器缩减到七弦琴和短笛两种，世上至少有两大类爱好无法延续，我又不知道该写什么了。

大公无私地说，理想国是不该有什么所谓"业余爱好"的。苏格拉底也谈到娱乐和休息，谈到节制与调剂，谈到恰当的内容和比例，不过毕竟没有将这类活动驱逐出去，我想他百密一疏，忽视了爱好的危险性。其实，他已经发现了驱逐爱好的最好工具，我指的是理论工具，当他说下面这番话的时候：

> 我们说一个人是一件东西的爱好者，意思显然是指，它爱这东西的全部，不是仅爱这东西的一部分，而不爱其余部分。

需要说明的是，这里出现的"爱好"一词，只是中文翻译中的碰巧，柏拉图并没有在讨论我们所说的"爱好"。不过他所说的喜爱、热爱，不论是作为情感还是实践，恰也是贯穿于"爱好"之中的，因而他后面的讨论，对于我们所说的爱好，也是极有杀伤力的。如果苏格拉底不是急于厘清什么是"爱哲学"，稍微在这里停留一下，让爱好成为无法从事之事，或者极为艰难无趣，没有人肯不收报酬地从事，只是举手之劳。

到这一步，还仅是在认识论上，还仅是通过证明"爱喝酒的人爱喝每一种酒"来让大伙儿惭愧。如果苏格拉底使用同样的思想工具，将人类活动的一些漏网之鱼，就像他对音乐和诗歌做的那样，同样纳入"社会治理"，那么任何爱好都不会有容身之地了。想当年孔子对下棋的评价是"犹贤乎已"，这句话有点歧义，但总是"不算最差"的意思。我听过主妇与棋迷丈夫的对话：

"菜买了吗？"

"买了。"

"儿子接到了吗？"

"接了。"

"自行车打气了吗？"

"打了。"

到这里旁听者已经佩服得不得了，以为丈夫即将脱身，然而最后他还是认罪，回家去了。这里的关键是建立一个"生计"的整体，或苏格拉底所说的"全部"，没有什么是不和它相关的。如果这个整体在论辩中失效，那就再建一个更大更抽象的（实际上早已有建好的一堆在那里供选用），总不信说不服你。那时下棋就不会是"犹贤乎已"的事了，而是彻头彻尾的堕落，因为下棋者的理由总归于"闲着"，而"闲着"是可以轻松地论证为犯罪的。在理想国中，人怎么可能闲着呢，就算他找不出对家庭有益的事来，还找不出对街坊四邻有益的事吗，还找不出对国家有益的事吗，比如去检查一下首都的城墙有没有需要修补的裂缝，或去看合唱队缺不缺人手，哪怕在旁边鼓鼓掌，也是正事啊。诸如此类，你甚至不能以"那不是我的工作"来辩护，因为你自称闲着，没有在工作，何况在某种整体之中，什么都是工作。

这里的另一关键是，什么是整体或"全部"，由谁说了算。在柏拉图那里，是由理性本身来产生（其实是由他这样的真正的哲学家来界定），在真实世界中，是由掌权者来决定的（在前面的一个例子中，主妇明显手握大权）。所以柏拉图要叫理想"国"，而不是理想洞穴什么的。从另一方面说，理想国如此美好，如果只是一小伙人来享用，未免浪费。

有多美好呢？古往今来的设计和想象，多得数不清，且听苏格拉底本人对城邦成长的描述，先是"用大麦片，小麦粉当粮食，煮粥，做成糕点，烙成薄饼，放在苇叶或者干净的叶子上。他们斜躺在铺着紫杉和桃金娘叶子的小床上，跟儿女们欢宴畅饮"，进而有调味品和睡椅，进而"加进许多必要的人和物——例如各种猎人、模仿形象与色彩的艺术家，一大群搞音乐的，诗人和一大群助手……家庭教师、奶妈、保姆、理发师、厨师"，再往下，就该有战争了。这不是理想国，这是当时的雅典。

在真正的理想国中，"他们将摆脱一些十分琐碎无聊的事情……诸如，要去奉承富人，要劳神焦思去养活一家大小，一会儿借债，一会儿还债……如入极乐世界，生活得比最幸福的奥林匹克胜利者还要幸福……他们赢得的胜利是全国的资助，他们得到的报酬是他们以及他们的儿女都由公家供养。他们所需要的一切，都由公家配给。活着为全国公民所尊重，死后受哀荣备至的葬礼"。

没错，这里说的是普通人。向往吗？反正我是衷心向往的，要是能去住在这样的国度里，让我戒酒都行。

理想国有许多版本，此刻我最想引用的，出自一个了不起的文学家（我却不想提他的名字）。九十六年前，他热情四溢地描述道：

"你想穷也穷不了，因为那是不允许的。乐意也罢不乐意也罢，你必须吃东西，必须穿衣服，住房子，上学校，还会有工作。如此费事地照料你，如果你还不德艺双馨，勤勤恳恳，就可能被仁慈地处死。但只要你获准活着，你就会活得很幸福。"

这样的理想国简直是专门给我设计的。要是能去住在这样的国度，让我戒烟都行。不过我最喜欢的，还是自己的幻想。在我的理想国里，不仅不会有人被杀死，谁要是想自杀，都得在一个月前提出申请，耐心地等待批复；在我的理想国里，恶虽然还没消灭得干干净净，但已被腐蚀了，作恶成了庸俗、没想象力、不需要动脑筋的事情，所以大概也没什么人作恶，而且只有无罪的人才能披露人罪，而不幸又是罪过，所以更没有什么人作恶，所余只有美好而已。我的理想国是一出伟大的戏剧，我们永远活在第四幕中，有些嘈杂和哽咽，但没什么大不了的，因为观众和演员融为一体，而且哲学家说了，什么都是娱乐，娱乐家说了，什么都是哲学，这时猫开始喜欢关闭的门，我得以保留驾驶的爱好，兔子擎着胡萝卜跑，是我的永动机，车窗上挂着的圣像，是我唯一需要的安全设备。

同好，同志，及其他

伯牙子期的故事，简略而美好。要是记得不那么简略呢？可就不好说了。假如子期不死，二人成了把臂之交，又会如何？可能是终生的挚友，也可能中途翻脸，伯牙的琴不是摔在石头上，而是摔向子期的脑袋。——音乐动人最深，但仍然没有什么可以保证，拥有这种爱好的人，在另些方面有相同的志向，我们也不能推论，在爱好中发展出来的美好或高尚的情感，会对人在某些事务中的行为有什么决定性的影响。不然，就不会有"同行相轻"这句流行语了。

我最仰慕的爱好，还不是音乐，是天文。我不通观星之术，但在私人想象中，那些在结束与我们相同的日常劳顿之后，将眼睛移向深邃的夜空的人，因黑暗中的灿烂而目眩神摇的人，日复一日地记录移动，年复一年地清点数目，又让幻想填补目力和仪器所不及之处，这些人，日常事务在他们的心中的位置，总与我们不同吧？在一个黯淡的城市，在一个偏远的聚居地，瞧见一只望远镜从阳台探出，心里总有斯文不绝的宽慰之感。但即便如此，我也不敢指望那些在此处高尚的人，在彼处的鄙俗程度总体上会有可以观察到的减弱，不然我就会建议在小学开设天文课，给每个人发一台望远镜，然后美其名曰"观天治国"，——这建议的荒唐，是容易发现的，而在类似事情上我们所习惯的另些思维的无稽，或要隐蔽许多。

一个眼前的例子，是"爱"。假如出于不可知的原因，人类的内分泌发生了美好的障碍，爱横流在大地上，人人因为充满爱而飘浮在道德的高空，那世界一定是美好的，就像馅饼每天自空而降，世界上不但不再有饥饿，也不会有因争夺对食物的控制而发生的一连串可悲事件，以及由此建立起来的可悲的体系，但那怎么可能呢？天天做这种梦，无补于"不能天雨粟，未免吏呼门"的现实。以爱为问题的解决，甚至算不上一句善意的废话，顶多是失败的哀鸣，——是的，顶多，因为比哀鸣更糟的，是它通常在回避我们真正的责任，回避需要智慧和勇气才能实现的目标，回避可羞耻的现状，回避历史和从历史中得到教训的机会，纵容实际发生的悲剧，而将好结局放在幻想里。而比这更糟的，是它往往还是某些人的钓术和脱身术，一边放任（实际是鼓励和利用）凶暴不轨之徒，一边念叨，我的方针是没有错的，只是那些人"少了一点爱"。

爱好这个词中也有一个"爱"字，听着像是不祥之兆。月前的一个傍晚，我在定边县街心广场观赏到最激动人心的健身舞蹈，在六七个舞队中，有两队人，各穿着一样的服饰，走得也是非常之齐。这样一种自娱自乐的爱好，为什么要花钱定制统一的衣服？对这样的疑问，如果我们说"百思不得其解"，那是在假装少不更事，回避我们所不喜的明显答案。另一个疑问是，拥有类似的相同爱好的人，在多大程度上会是其他方面的同志，如果是，会是哪些方面？这是没办法回答的，因为观察有限，又没有什么理论来据以推论。再说同志也者，也不是可靠的关系，在此志向相同，在彼未必，且志向相同者，利益又未必一致，或今日一致，明日又不一样。

同好也罢，同志也罢，友谊总是我们需要的，就像落在波涛汹涌的海里，谁不希望身边有个人呢？没事儿说个话什么的，捉到黄花鱼，你谦我让地分食，遇见鲨鱼，又多出一两分生还的机会。过去有许多赞颂友情的格言，比如"二人同心，其利断金"，但同样一种文化，又生出"二人不看井"之类让人毛骨悚然的教训，让我们不知道该听谁的。《诗经》里说："民之失德，干糇以愆。"为一块干粮打起来，是让人看不起的事，为十块干粮呢，一万块干粮呢？问题不在于友谊本身，或所谓

"人性"上，在于别的更严重的决定。当年郦寄卖友，班固赞曰："以安社稷，谊存君亲，可也。"我们不能轻易地说班固凉薄，他说的也不很错，毕竟友谊不是这世界上值得奉行的最高原则，总能找到些事情，比它更优先些。若是在寻常年代，总还好些，若是"风刀霜剑严相逼"的时代，人求自保的时代，夫妻劳燕，父子仇雠，我们见到很多，听到更多，区区友情，算得什么，实如慕容垂所说，"大义灭亲，况于意气之顾"。我们翻开历史，特别是特殊时期的历史，看到朋友之间互相告讦，直如家常便饭，足以让我们觉得那是新伦理了。并非碰巧的是，班固所说的大义，与官家所倡的相同，而我们知道，官家即便在班固的时代尚未如此，也总有一天要视私谊为大义的天生障碍；不喜欢读历史的人，可想办法活得长久一些，不怕见不到种种大开眼界的事。

孔子的交友之道，是讲究"同志"的。他有一句话，叫"无（毋）友不如己者"。好多人为他辩解，生怕有人误会孔子为势利眼，或以为孔子的观点逻辑上不能自全。我们最好是以孔子的这句话为场合之言，一时有感而发，无从知道那场合是什么，但如果我来猜想的话，他可能是注意到了下面这样一种情况：两个思想或道德上有差距的人，由于友情羁绊，"见不贤思齐"的机会，要比"见贤思齐"的机会为多。

最近看到的一些人事，让我时时想起南朝周朗的一句话，叫作"俯眉胁肩，言天下之道德，瞑目扼腕，陈纵横于四海"，图画得妙极了。近事俯眉胁肩，远事瞑目扼腕，真如鲁迅所说的又英雄又稳当；"言天下之道德"，这句是点睛之笔，原来这些人最喜欢找到些可以惠而不废地证明自己是好人的机会，如前些日子有个唐山市流氓打人的事，虽然恶劣，毕竟只是个治安事件，然而议论之风起云涌，颇出意料，多想一想也就明白了，这事儿与人方便啊。许多人借此在道德上自我按摩一番，至于公义，并非其所宣称的那么关心，证据是后事如何，几天后便忘诸脑后，转而去别的地方掠食。什么地方呢，手头恰有一例，近日海南岛疫情，游客滞留，吃了些苦，上述诸人中的一员评论说："这时候了，还出什么门呢？"这平平常常一句话中包含的残忍和谄媚，略一细思，令人心凉，然后我比任何时候都要相信，说这话的人，从早到晚，是认为自己是个大好人的。

秘诀何在呢？所谓"德不孤，必有邻"，如此积善成德，不是一个人能完成的大业。如果一个人的朋友，都是同他一样的人，这个人——除非他是有一点特别之处的——几乎没有任何机会，来发现自己有什么不好的，有什么不对的。更妙的是，如果一个人的朋友，连他还不如（即所谓"不如己者"），这个人——除非他是有一点特别之处的——要是不被自己感动，那才奇怪呢。

大同有个善化寺，善化寺门外，总是聚着些像我这样的老同志，"瞋目扼腕，陈纵横于四海"，天上天下，海内海外，按惯例，自然是天上的多，海内的少。雁北方言我不大懂，但听的次数多了，也知道些端倪，他们的议论大多高明，良可佩服。不过有一回，我耳拾到一种荒唐之言。发言的是个红面老者，慷慨陈词，用一件未曾发生的事，通过奇特的逻辑，证明一种难以置信的道理。在我听来，这有点像骑着八条腿的牛，钻过死胡同，奔赴无何有之乡，于是有些为他担心，因为他的听众，都是不怕抬杠的有识之士。然而我错了，荒谬是有感染力的，就像热情一样，有两三个老成人，微笑着说些不太认真的凑趣话（如果我更懂一点方言，也许能听出些言外之意），别的人都赞美那老者的天外之思，我想原因或是符合他们的情感吧。大家提供新的材料、新的论说，短短十分钟内，就建立了一个新的世界，那世界与我们的世界连平行也谈不上，却被他们认定为真相所居。我相信，从此之后，那一时的奇思妙想在这个圈子里，将成为不易之论，一种基础。

嵇康在《养生论》中批评说："以多自证，以同自慰，谓天地之理尽此而已矣。"这真是说得好。按理人一多，经验亦多，歧异亦多，何以共振的结果，会共趋狭隘呢？也许与群类的所持有关，所求有关。十九世纪，有法国医生观察到，两个亲近的人（也可以是更多的人），会互相支持，养护共同的离奇幻想，在外界看来是疯疯傻傻，在他们那里是天经地义。法国人把它定义为一种病症，然而这岂能说是异常，岂能说是疾病？特别是这种"病症"的常见形式是先有一个人发了疯，由于他在二人中（或在一群人中）的地位重要，其他人便跟着疯疯癫癫起来，——谁能说这是罕见的事情呢？

另外，在日常生活中，越是可惊骇的言论，我们越是以反驳为难。一来是多费唇舌；二来，如果一个人说点奇谈怪论，我们摇摇头就是了，如果一个人说出的话对世间所有美好的东西都形成威胁，我们反倒不知如何是好，因为最温良的应对，对于社交场合来说也是太激烈了。友情中更是如此，如果一个朋友，说出些让你吃惊的话，你沉思了一会儿，明白如果要纠正他，不是像拔掉一根刺那么容易，而是比截肢还要难，能怎么办呢，特别是这时对方正将"求其友声"的热烈目光投射过来，也许你只好费尽心机找出一种说辞，既可以骗过他，让他以为获得了支持，又骗过自己，让自己以为没有屈从附和。长此以往，是他变得更像你呢，还是你更像他呢？

在我看来，不管是两个人，还是多个人，如果在亲密的交谈中，在形成的共鸣中，事实越来越没有地位，接受事实越来越难，发现或创造另一种类型的"事实"越来越被需要，那也就差不多了，该到忘记什么管鲍范张，该到想起管宁割席的时候了。

爱好与信心

在以前的文字中，我数次表达了一种悲观和一种乐观：那悲观是，人类在未来，或全域或局部，总要一次次退回到黑暗中去；那乐观是，人的某些能力，又总能冲破最荒陋的蒙昧、最深崄的堕落、最坚固的牢笼，一点一点地创造，一点一点地积累，终如草之破土，光之穿云，瓦解那该瓦解的，建立那该建立的。对这类能力，我的认知是浅薄的，无得具体而名之，但顽固地相信它有最纷繁的呈现方式，以至于那纷繁本身，都可以作为我们的希望所在。而人的爱好之五花八门，虽不过其小者，恰也是一种呈现。

然而这些话，一直没有说清楚。时在秋冬之交，按《月令》，该是大史"衅龟策，占兆，审验吉凶"的时候了，我连小史也不是，却也想谈谈过去和未来，顺便将忧心和信心整理一下。

我们对未来的一切推断，有两种认识上的来源，限于篇幅，本文只涉及第一种，即历史的，或经验的。读读政治幻想或科学幻想的作品，便知人类最狂野的想象，也不过是将已经发生的事予以最狂野的重组；历史同时又是解释，我们从历史中看到趋势，这趋势的延长，便是我们心中的未来了。

问题是，我们的历史太短了。相对未来而言，历史永远是短的，我们只能将自己对未来的推断，限制在我们已经拥有的理解力之内。早期的幻想小说家，只预写未来几十年的事，一个原因是他们都是乐观的进步主义者，相信几十年的时候，已足够天翻地覆。另一个原因便是他们的谨慎，——是的，你可以在作品的第一行写下长长的年份数字，但既然你的材料仍然不外乎我们已知已闻的那点事，你创造的遥远也难免是空洞的，没有说服力的。

然而人类似乎需要更遥远的信心。那怎么办？遗憾的是，历史不提供这方面的出路。想象一个拥有海拔计的尺蠖群体，不知为什么离开了枝叶，在山脉里爬行（这在生物学上是不合理的，姑且这么说），它们对"地势"会怎么看？如果它们自有历史以来一直沿着山坡上行，中间虽经过无数的坑坎，它们中间的历史学家也一定会得出结论：尺蠖拥有远大前程，进步是历史的必然。如果它们自有历史以来一直在下行，又难免流行黑暗的哲学，将自己的时代形容为黑铁时代，将先前的赞为黄金。又假如这个群体的历史足够久，已经翻起了几座山，自然也穿行了几处峡谷，它们对未来会如何看呢？

至于群体中的单只尺蠖，一生处于更小的尺度中，似逃不脱庄子的嘲笑，不过与朝菌和蟪蛄不同，它知道些历史，知道自己的生命虽然短暂，却处于一个更大的进程中。然而，这种知识果真能使它在得意时谨慎，在失意时达观吗，果真能使它知道自己在世界上的位置吗？它接受了历史学家和长老的说教，相信自己身处一出伟大的戏剧，然而它又如何得知自己是在第二幕，还是第四幕，如何对这出戏剧的性质，是悲剧还是喜剧，拥有不败的信心呢？

我们人类的现有历史是进步的，无论我们是依据什么来定义进步，是依据理性或教义，依据情感，依据对生活的实际考察，还是依据历史的唯一性。但即便用着这样的定义，如果单从历史或经验出发，谁也没办法合理地推论，这种进步是一种长期的趋势，且不要说什么永恒。谁也不能保证，人类只是短暂地爬一座山坡，山坡的那面不是低谷甚至深渊，谁也不能合理地将已有的趋势视为超越性的。如果将人类的进程比作直线，我们已经经过的短短的线段，确乎可用一个进步的数学公式来描述，但谁知道这个公式会在哪一点上开始失效呢？

我们所需要的对未来的信心有两种，一种是短暂的，一种是长远的。如果我们只谈短暂的，似可忽略历史在预示未来方面的局促，然而即使如此，我们也无法达到我们需要的乐观。人类社会在以前曾经倒退，曾经停滞，也许那倒退是局部的，停滞是暂时的，但一个人若认真地考察使人类堕落的因素，就会发现这些因素至今一样也没有消除，那么，他将无法保证这些因素会在适当的时机发生更大的作用，而不得不推论说，如果进步是必然的，那么，堕落也将是必然的。

我们习惯地忽视隐藏在日常生活背后的危机，特别是在繁荣时代，在进步时代，在所有问题或者已有解决之道、或者似将要有解决之道的时代，在对日常福祉的关心压过对更广大的事务的关心、而对更广大事务的关心又往往忽略对日常福祉的关心的时代，我们歌舞升平，踌躇满志，一边嘲笑前人，一边为后人指引方向，在技术的时代，我们注意不到技术主义正侵蚀已有的驯化权力的手段，我们自认为是在、也确实是在充满机会的时代，而注意不到那同时也是充满机会主义者和充满成为机会主义者的机会的时代，所以当变化发生时，我们瞠目结舌，好像那是突然的事。

曾经发生过、也必将在未来发生的，是权力一次又一次改变世界的面貌。人们总是忽视征兆，当美好的、先进的观念将权力视为手段时，人们只顾着赞美那观念的美好，而不去阻止它们的结合；当权力机构将远大的社会目标当作美酒递到面前时，尽管历史一次次地告诫我们那是可警惕的，人们不曾警惕，反而开怀畅饮；当群体被赞美，个人被压制时，尽管这是最紧迫的信号，人们仍无动于衷，反而忙不迭地通过附入群体的方式而在实际上瓦解为权力所需要的碎片；这时只有日常生活中的不便才会让人们烦恼，然而人们将幸存作为生存，将生存作为生活或者将希望纳入幻想，毫无道理地相信一切都会好起来。本雅明曾经说，相信进步是必然的，会必然地导致无所作为，导致实际行动的无限延迟。然而有人会说，这样责备人们有什么用呢，得靠制度啊。是的，我们只好靠制度，但也不很靠得住，从第一天开始制度就是陈旧的、拖沓的、千疮百孔的，疲于奔命地应付着四面八方的侵蚀，它当初的宗旨或者退化成空洞的教义，或者被抽象为可以容入新的、危险的社会动员，它本身就是权力结构，无可避免地或者从自身产生出怪兽，或者腐朽，成为新的权力逐鹿的目标。

无论如何，曾经发生过、也必将在未来发生的，是人类被自己的创造腐蚀，而放任巨变在眼前发生。这种过程如果是突然的，大概还有些人抱有遗民心态，苦苦地守着点什么，"穷经待后王"，时间一久，终归于混同，大家渐渐地以为世界就是这样的，生活就是这样的，匍匐是天赋的姿态，困苦是应有之义，时间再久些，则连困苦也感觉不到，不知道自己的实际状态，不记得人类曾经达到的状态，也不去想象人类可能达到的状态。毕加索曾说自己蹒跚于白色画布的黑暗中，在真正的黑暗时代，人类被权力的光芒照射着，便自以为一片光明，在空洞的光明中茫然游荡；在真正的黑暗时代，黑暗是人们所同意的，这种同意，并不如某个心理学家说的"人们非理性反应的总和"，而是颇有理智，在相当程度上是斤斤计较的成果。

这些和爱好有什么关系吗？当工作被统辖，变得整齐划一之后，人类品性的丰富，如果说还有什么机会呈现的话，爱好至少是其中的一种形式，它本身完成不了什么，却通知我们，人类的一些能力还没有消亡，也不会消亡，不管需要多久，不管要"经过多少炼狱和地狱"（茨威格语），总有出头之日。我们可以想象一个村庄，也许在喀尔巴阡山中，也许在艾伯丁，那产咖啡的地方，反正是在遥远的地方，在过去或在未来，反正是在遥远的时代，想象全能的眼在夜间透视一个山村，看到戢羽的鸡，眯缝眼睛的猫头鹰，酣睡的孩子，还有成年人。在没有入睡的人当中，我们看到三个人。第一个是少年，在白天他是模范学生，服装整齐，步履中式，擅长高声朗诵课本和咒骂一切需要咒骂的东西，在这个晚上，他逃过疲倦的父母的监视，在暗淡的光线下组装一只用线轴当轮子的小车。在隐秘的私藏中，他已经有了十几辆这种手掌大的小车，仍然乐此不疲，醉心于装配和衔接，苦恼于轮子的润滑和方向的校正，最后让小车在他自制的滑道上滑行，便感觉难以解释的快乐。

我们在想象中看到的第二个人是一个年轻的母亲，白日里她与许多人在一起劳作，听大家聊天，听到定时发布的鼓舞人心的消息，也学会了如何偷懒，给自己省些力气。这样到了晚上，她偶尔，且恰好在今天，能够盗用一点时间，画树。她画过许多棵树，有的有鸟巢，有的没有，但没有一棵完完全全地合她的意，她用着最初的手法，在技巧上几无进步，也并不多想什么，只是重复地画。画完后看一看，就有些高兴，当然还要叹口气。

第三个是村里的有德之人。在今天的我们看来，他的品德并非无懈可击，主要是因为在我们眼中，这个村庄的道德规范有些缺陷，那一半是传统的，一半是新近规定的。前者只能处理小范围的关系，所以在它的约束下，一个人意识不到行为的广泛影响（同时也意识不到自己身受的影响来自何处），所以完全可能一边做着好人，一边做着恶，后者则来解释行为的全局性意义，使一切行为都可能是正当的，只要符合一种虚无缥缈的目的。不管怎么说，这第三个人在白天做了几件心满意足的事，调解了两起纠纷，赞同惩罚几个怀疑者，发表演讲来支持那些需要他支持的。到了晚上，我们看到他打开一个小箱子，取出玩偶、针线和布片，还有别的工具，戴上眼镜，耐心地给玩偶编制衣服。这不是每天都能看到的事，他今天做这个，也许是因为到了换季的时候吧，反正他做得很沉迷，就连僵死的内心也跳了几跳，让我们看到后疑心他是一个活人。

愿欲与察断

现代人的一个焦虑，是担心我们拥为自由意志的东西，其实不过是微观之物的一种扰动。如果不乞灵于神学信仰的话，大概得给自由意志找一种新的解释，而且，所需的解释看来既不是当代的物理学能够提供的，也不是以往任何时代的哲学已经提供的，在那之前，恐怕我们只能自立于怀疑之中，——这也是好事，怀疑就是希望。

讨论爱好的时候，绕不开一个隐忧：是我们拥有癖嗜，还是癖嗜拥有我们？当一个人一门心思地追求一件事，难以释怀时，他在多大程度是身不由己的？沉迷与成瘾，以及与强迫症，界限在哪里？我有时自得其乐地想，爱好是需要技艺的，而且会带来成就感，而强迫症通常是重复简单的事，而且带来的是一阵深过一阵的沮丧，——但这里的"通常"，本身就是遁词。我不了解强迫症，但听说它似乎与大脑的某个或某几个区域相关。这本身就暗示着，我们可能是由一些可以（在理论上）用物理学描述的过程驱动着，这是挺让人沮丧的。如果一种过程，在其异常的时候会引来强迫症，在其"正常"的时候，是不是也要对我们"深沉的热爱"负责呢？

眼睛疲劳的时候，我会让视线穿过窗子，极目远眺，一直眺出三百来米，那里有一个高楼的顶部。楼壁上有"某某银行"四个大字，我会数一下这四个字齐平于多少个玻璃窗，或者正对着我的这面一层中有多少格窗子，数过之后，觉得眼睛舒服了些，再回到方才的阅读（其实是看手机）。有一回，收回视线之后，总觉得有心事，想了一下，是刚才数出的数目与上一次的不同。我正打算去重新数一下，忽然想起以前听说过的一个故事，赶紧勒令自己停止这种危险的念头。

故事里说，有个人下了晚班，也许是在夜里十点多钟吧，在回家的路上，去数一幢楼房的窗子数目。——这个故事传到我耳朵里，不知经过了几次过滤，细节已经很少了，此人为什么要数窗户，不得而知。反正他越数越乱，越乱越恼火，天色越来越黑，有灯光的窗子越来越少，直至全无，使他这一重要的工作越来越艰难。结果就是，他一直数到第二天清早，晨光已现，才骑着自行车离开。至于他是笑着离开，还是哭着离开，故事里没有说，反正那也没什么不同。

另一个著名的强迫症故事，记录在鲍斯威尔给约翰逊博士写的传记里。鲍斯威尔写道，了不起的约翰逊博士，在进门、出门，或经过一段通道时，从某个特定的点开始，他就紧张起来，要计算步数，以使他在来到门口或通道的入口时，恰好是用左脚或右脚（鲍斯威尔不确定是哪一只）迈出那重要的一步。鲍斯威尔无数次看到博士突然停下来，显然是在极度认真地计算脚步，如果他有所疏忽，或数错了这种奇妙行进的步数，就要退回重来，找对位置，把这仪式从头再演一遍。

约翰逊的怪癖，不耽误他编字典，所以同时代人，给予他同情与理解。更多的时候，一件在旁人眼中是毫无道理的事情，在当事人那里，会是世上最重要的，这让我们发狂，——此处说的"我们"，指的是以正常自诩的人，包括父母、教师、朋友、官员、道德立法者等种种身份的人，以及一般的旁观者。不知有多少回，至少有几亿次吧，"我们"看着对面的孩子，那个低头不语的、手里摆弄着一只玩具或诸如此类的与国计民生无关的小东西的人，百思不得其解，——"为什么呀？"我们揪着头发发问，有时揪孩子的头发，有时揪自己的头发。"为什么呀？"这个问题让我们绝望。为什么一个显而易见的道理，连阿猫阿狗和隔壁小三子都明白的道理，在他那里，就失效了呢？一个成年人，如果执拗地去做一件在我们看来毫无收益甚至危险的事情，或者执拗地不去做一件在我们看来收益良好、顺理成章的事情，都让我们不快。对这些行为，我们也好奇，不过通常，我们会以将这些人归类于疯子或者傻子的办法，来结束我们的知识性探索，顺便关闭任何有可能导向自我怀疑的通道。

《庄子》里有句很好的话："中国之君子，明乎礼义而陋于知人心。"我在旅途中遇到过一个人，可以列入它的一个注脚。有一回我驻车休息，看到一个人，在旷野里用一只吸尘器清洁地表。——当然这只是我半秒钟内的想法，半秒钟之后我则在好奇，这个人在做什么呢？他手里的确持着一件很像吸尘器的东西，正用那个东西刮削大地。

他的汽车停在我的旁边，所以，他最后无可避免地落入我的近观。他那件器具，已经收回到一只长长的袋子里，我把视线移到他脸上，彬彬有礼地请教："您是在排雷吗？"

这位先生看起来比我年长几岁，仪态沉稳。他可能是已经受过多次疑问，已经厌烦了，或者是对嘲讽有点敏感，或者只是简单地认为我是个讨厌的人，总之他没有回答我，假笑一下，上车逃掉了。

在第三天和第四天，我们住在同一家旅馆里。我不是善于攀谈的人，他虽然健谈却挑剔谈话的对象，假如不是外面的大雨使大家无处可去，假如不是另有两个人撬开了他的嘴，而我只是在那两个人离开后接过了话题，我本来没有机会听到他的故事。

他是一个"金属探测爱好者"。我不知道有没有这个词，如果没有，也值得建立，因为按这位先生的描述，那真的是件相当有趣的事。他说，有几次因为怀疑上次的探测，漏过了几处"面积"，他会在夜里懊恼得坐起来。越来越真切的幻想是，某种富含自由电子的晶体，正在那几个地方，或其中的某一处，在半米深的泥土里，得意扬扬呢。"有一个地方，我真的是疏忽了。后来再也找不到。我回到过那里两次，就是找不到原来的那个地方。"他说。

两次！我想，他是否挖出过什么放射性的物质，自己却不知道呢？据他说，他曾经喜欢收藏钱币，那种爱好把他导向目前的状况，而自从喜欢上了金属探测，钱币的价值已经不重要了。我相信他的话，我相信如果左边有一大堆金币，右边有一块可能藏有一小堆金币的土地，他一定会去右面的。

他不是一个人在探测。有一次，他被一个传说吸引到某处，发现有七八个人已经在那里了。于是，他们齐头并进地扫描大地。"那真的有点儿像排雷。"他说。我向他道歉，然后问道："你们会吵架吗？比如说争抢地面。或者，如果有人在你查过的地方再查一遍，是不是很让人恼火？要是他找出什么，就更可恨了。"他说有时会有些不快的事情，但不会因此有什么争端。我想，这些人真是奇怪。

"你真正地喜欢过一件事吗？"他问我。我说是的。那你就知道，他叹口气说，什么叫身不由己。原来，这位先生曾经是前程似锦的官员，接近退休的时候，有个机会，可以升迁到更高一级，那是可以让退休金多出一大截的。但在一个会议的前夕，有同好告诉他，一个历史传说中财物遗弃的地点被确定了，已经有人赶赴那里。他说，眼前有事，过几天再说，然后就难过了一夜，第二天早上，情绪一点儿没有好转。他说，那就像是有什么东西在肚子里挠。他在上班的路上编出一个自以为完美的瞎话，来给自己请假。等上了路，他说，就好像有太阳照进肚子里。

是啊，肚子，那是许多问题的答案所在。约翰逊博士在一个地方写道，愿欲（fancy）与察断（conscience）在我们身上是交织在一起的，还经常调换位置。我自己也体验过，察断是非得失的能力，有时会跑到别的地方，肚子或胳臂肘，反正不在脑子里，让人做出些后悔的事。

人不仅会由于难以解释的原因，非得去做一件事情，也会由于不易向外人解释的原因，没办法去做一件显而易见的事情。我特别喜欢嵇康说过的一句话："性有所不堪，真不可强。"如果有一件不讨自己喜欢的事，但是，按照我们的察断，它是应该做的，甚至是必须做的，多数人会迫使自己去做，多数人甚至会说服自己去喜欢它，发现它的种种好处，不光对自己是好的，对世界也是好的，但总有少量的人，就是没办法做到。这些人心里也明白，他们抱着膝盖，摇晃身体，苦恼得要命，但就是没办法。嵇康说："一旦迫之，必发狂疾。"有点夸张，但差不多就是那么回事。

说到嵇康，他的打铁，是一种爱好吗？也许吧。他的这一事迹，《世说新语》语焉不详，但注引的另一种书，记得仔细一些，让我们觉得他大概真的很喜欢锻铁。通常的解释是，嵇康是将打铁作为避世的一个招数，我不是很同意这种解释，因为它将嵇康的打铁，形容为一种精打细算的结果。我更倾向于相信嵇康果真有这样一种爱好，而司马氏对祖国的冶金业来说是有罪之人。我还相信，爱好这东西，可以让人暂忘心里的麻烦事。（顺便说一句，约翰逊博士有一种喃喃自语的习惯，经常念诵祷文中的短句。后人或以为这与他的信仰有关，不过我有另一种猜想，源于据我所知，有些人会用特定的词句，来使自己从不快的念头中脱出。）而嵇康，我们知道，并不像他自述的那样"弹琴一曲，志愿足矣"，从他的著作来看，嵇康的心事，无论在哲学上还是在世务上，还是挺多的。

　　当今世界有一大套时髦话，叫人"遵从内心"，追随热爱，兴趣是最好的导师，等等等等。这些都是无耻的谎言，因为我们的世界，是建立在与此相反的规则之上的，这些漂亮话，只是让规则得以在诸般意外事件中免责，以保长存而已。如果我们明了自己的"内心"（我真的不知道这个词是什么意思），如果我们同一时刻只有一种热爱（我的意思是说，除了爱国之外），如果我们确定我们的兴趣既不会在下星期三就发生改变又不会引我们去做些天理不容的事（还有喜欢给各种动物下毒的人呢），我们就用不着别人的指导。而等我们需要的时候，一个人施施然走过来说，"你要遵从内心啊"，我们应该知道，这样的人只是想找个机会在事情发生之后，不论是好事还是坏事，来一句"我早说过了"而已。

善　逝

某一回，诣访一位老先生，叩门之后，才知竟已于两年前故去。正后悔疏于候问，他的儿子忽认出我来，邀入攀谈，聊得晚了，又留客，说他父亲的房间一如其旧，我若不忌讳，被褥换过，便可歇宿。

是夜我便宿于故人旧室。说是故人，有谬托知己之嫌，因我与那位老者，其实只得两面之缘；进得屋来，果是旧貌，连电灯也依然是用一根拉绳来开关的。一床一桌之外，就是寂寂寥寥一架书了。架上的书，都是包了皮的。这位老先生一生所好，按下文所揭，自然大多不为我所知，此时我所知的，便是他喜欢看书。僻居山区县城，得书不易，架上的书，在你我眼中怕不都是大路货，在他则来之不易，十分爱惜，每得一书，先用牛皮纸或白纸保护起来。我到架前，信手伸向一本书，看清书顶上的尘土，又把手缩回，便于此时有所谓的 Deja vu，强烈地觉到上一次也曾有此动作，且心中想法都丝毫不差，连这错觉都是一样的——当然是错觉。

我有早醒的毛病，天没亮就躺不住了，披衣起来，无聊中拉开桌子的抽屉。那桌子是四十年前的样式，所谓"写字台"者，左面一列三只抽屉，里面都是些零碎物事，我记录了一些，如下：

各种砂纸。许多电线。银色镀金属的塑料纸。用途不明的彩色短绳。许多铅笔，有的已经削好，彩色橡皮，塑料尺，图钉和彩色圆钉，钉书机，玻璃球。形状特别的塑料或金属部件，不知属于何物。大大小小的夹子，打气嘴，打气针，橡皮筋，磁铁，料带，塑料管，三通，许多旧钥匙，手绢，绕线板，注射器，节能灯，线轴，布块，塑料块。装在小袋中的极细的塑料管，插销和胶带，一次性手套，回型针和别针，挤液体的三角形瓶子，挂钩，小心割下的铁罐头盖子，锯条，刀具，旧得发黄的塑料瓶中盛着不明液体或胶体。三角形塑料片，前端有小钩。电笔，蜡烛，坏手电，刷子，钢丝，竹签，梳子，小瓶子里的塑料珠，说明书，未使用过的剃须刀，小木块，镜片，遥控器，椅脚帽，背包带，一枚象棋子，一对骰子。

情感丰沛者，对着这些遗物，怕不要感慨甚至于唏嘘，写出"事去人亡迹自留，黄花绿蒂不胜愁"这样的好诗来。情感枯竭者如我，没什么特别的念头，便有一点，也立刻压去，因为人人都有杂物，或琐屑如此，或精美如彼，斯人既辞，这些东西便获得独立，与他不再相干，更与我们无干，除非另有价值，可以变卖钱财或骗骗外人的啧啧声，——但这后者，非得主人是名人要人不可，这位先生是位老"民办"，自无这样的资格。昨夜他的儿子曾说，本该把房间清空的，"该扔的扔"，因用不到这房间，又懒得动手，一直拖着。我当时不置可否地唔唔两声，这时便想，若他早晨再问我的意思，我一定说"一股脑儿扔了吧"。不过他倒也不曾再提起。

那位哲嗣又曾说："你若看什么东西有用，便取了去。"我不知他是寻常的善意，还是有纪念的意味，反正我是不喜欢纪念的，早晨想了一下，便于扈中取了一小块很好看又厚实的织物，因我车中放眼镜的地方很硬，总是响，要用它来垫一下。上车一垫，墨镜果然稳当了，便有些俗念，仿佛此举能令老先生一笑似的，我连呸自己几声，将这俗念驱掉，后来一有替代物，便将它换下，扔掉时有些踌躇，不免又自责拘局。

此事已是在五年之前，那房间该已清空了吧，——反正是无所谓的，左右是不相干的。因思也到过些纪念馆之类，里边摆设的，大多是与主人的公共生活有关，或者说，与其"事迹"、与其同我们的生活的联系有关，偶有日常用品者，或者是以见此人之出处、之不凡，或者要狭隘我们的想象，将主人日后的成功纳入陈设者的理解，或者也要丰富我们的想象，但也难，反正我一到此类纪念馆，是什么也想象不出来的，或者告诫自己不要想象，以免上当。

这位老先生的抽屉，要拿来"咏《蓼莪》之馀音"，自是做不到，不过，倒也能借此浮想联翩。便是那些实用的物事，窗帘挂钩椅脚帽之类，保留在抽屉里，已可见老人的心思。那些看了不明所以的，更令我想，谁能进入他人的私人生活呢？假如想象不算是探头探脑的偷窥，我或许能令自己看见老先生独自一人时，细心地照料自己的小天地，他的世界，不管如何扩散，总要于此汇集的；我或许能令自己看见他骑着自行车，于奇奇怪怪的地方，选购些只有他知道其用途的玩意儿，看见他放下工具，苦思失败的原因，也许就得了窍门，也许没有；看见他把跌散的珠子，一粒粒拾起，置于瓶中，因为这些珠子在我们眼中不值一文，却能恰当地镶嵌在他的生活中；看见他眼睛一亮，无意间发现一个小东西，见到之后，才知先前想错了，看见他回家的步子格外轻快，吃饭也吃得快，要赶紧回到房间，拉开抽屉，做只有他才能、才肯做的事情。

曾想从那些零碎中编织出他的爱好来，没有定论，再一想，又何必？爱好云者，既然意义在于私人的热情所寄，他老先生或爱此，或爱彼，或有或无我们已知的爱好，都不打紧。我对他的最清晰的印象，是他在说到兴趣浓的事情时，不只眼睛，全脸都在发亮。——这是位有热情的人，我相信我所见的，不过是一隅，我又估计老先生在世时，打开抽屉，也知有些东西，已经无用，但不扔掉者，原因之一，是不愿对不住先前的自己，或先前的热情。

热情是能够消逝的吗？当然。不过我们这么说时，往往是指热情的对象发生了变化，并非或不一定是指热情本身。十九世纪有个叫托马斯·菲力普斯的英国人，打小儿喜欢藏书，竟有购遍天下书籍的狂想，见到一本书别人有而自己没有，就说不出的难过。他自己的钱花光了，就大举借贷，来到书店，动辄整架整架地买，买来读不读，倒无所谓；据说他的家中，没有下脚的地方，而到了晚年，怕人偷他的书，用了八个月，把书搬到安全的地方。对一件事的热情维持终身，这也是够稀罕的，对我来说尤其望尘莫及，按理说我该对读书有终身的热爱，但这些年几乎束书不观。还有什么，下棋？是的，还下棋，但哪里有什么热情？读书或下棋，从爱好变成习惯，变成生活方式的一部分，若从热情的方面说，是些需要离开的事，而不是相反。

短暂的热情，也是好的，我这么宽慰自己。这三五年中，我新增的爱好，又有两三件，消逝的热情，也是两三件。其中一样，是自己烤咖啡，那是可笑的经历，因为我的第一件设备，是个爆米花机，按从互联网查得的推荐，某类特殊型号的爆米花机，改装之后，最适合学习，特别是想省钱时。"特殊"的爆米花机买到了，但那改装，也颇费神，要绕过限温器，还要将发热丝和风扇的电路分离，用调速器分别控制，又要装几只温度探头，获得曲线。我没有经验，性子又急躁，常是一股青烟冒出，家里变得漆黑，如此再四，如不是墙上的保险盒管用，早把自己电得魂不附体。买东西也是麻烦事，上一件东西买到了，才想起另有什么不可少，于是又是茶饭不思地等待，有的东西不零卖，比如热缩管，一卖就是一百支，于是我现剩下九十九支在那里，没有扔掉者，大概和前面说的老先生有同一种心思吧。

终于成功，机器一开，发出震耳欲聋的声音，我的热情顿时下去尺许。幸好这只是开始，我建了一个文档，很捜文地命名为"烤工记"，记录每次烘烤的细节和所得的风味，以完善技艺。——然而现在呢？"烤工记"是早已不记了，每次烘烤，不是苦役，也是不得已的工作，至此不出三四年，哪里还有什么热情呢？

然而一点也没什么可遗憾的。很多人都有这样的抽屉，里面的东西，当初费了无数的心思，现在已浑不可解；还有的，自己也想不起是作什么用的，但那形状，或气味，又绝不陌生，向记忆中摸索，若有什么在焉，终于无所得，不过也没什么可遗憾的。也许这都是老生常谈，——这里的"老生"者，老先生之谓也，人到某种年龄，已觉自己便如一株树，无论是书籍、财物，还是友朋、仇敌，都如树上的叶子，日落一叶，与这世界的关系，日渐其少，日渐其稀薄。公共事务亦不例外，比如这一两年吧，何尝不是亦如从前那般，时而愤怒，时而喜悦，但各种事件在自己胸中激出的回声，自己听了都觉得远，疼痛不如先前那么切肤，哀伤不那么切怛，憎恨不那么切齿，就连爱悦也不那么切挚，有时便想，"随它去吧"，如此一想，又觉得自己已近落得光秃秃了。

越到此时，越觉到热情之可贵，便如枝上的花，偶然一放，自相应发，随即枯萎也无妨，反正又有新花待发，——也许吧。

因忆与前面那位老先生初次见面，是我弯腰在一块残碑前，装模作样地查看，他路过这里，为我解说。那次聊得虽久，但他的口音浓重，我连一半也懂不到。回家后的第二年，忽然想起，便上网找扬州评话的录音，来学下江话。岂曾料到，我竟因此添加了一种爱好呢。再见面时，我便要卖弄我的新知识了，所谓半瓶子晃荡，自然是不高明的品格，不过我们也借此多了一个话题。评话不算是他的爱好，不过他仍比我熟悉许多，比如我只听过王筱堂和王丽堂的武松，他则是听过王少堂的，虽只一次。"呱呱叫"，他说。我的下江话只学到肤浅的程度，又于夹生中抛下，写此文中间，寻出《清风闸》来听，已经听不懂余又春，只能听杨明坤的了。想起老先生曾一遍遍为我发音，让我听清"二爷"和"阿姨"的分别，不免惭愧。

到此已经不知所云。好在两年来强以"爱好"为题的唠叨，总算结束了。

图书在版编目（CIP）数据

背面 / 刀尔登著. —— 太原：山西人民出版社，
2023.6

ISBN 978-7-203-12789-5

Ⅰ.①背… Ⅱ.①刀… Ⅲ.①随笔－作品集－中国－
当代 Ⅳ.①I267.1

中国国家版本馆 CIP 数据核字（2023）第 053846 号

背面

著　　者：	刀尔登
责任编辑：	王新斐
复　　审：	吕绘元
终　　审：	梁晋华
装帧设计：	周伟伟
出 版 者：	山西出版传媒集团·山西人民出版社
地　　址：	太原市建设南路 21 号
邮　　编：	030012
发行营销：	010-62142290
	0351-4922220　4955996　4956039
	0351-4922127（传真）　4956038（邮购）
天猫官网：	https://sxrmcbs.tmall.com　电话：0351-4922159
E-mail：	sxskcb@163.com（发行部）
	sxskcb@163.com（总编室）
网　　址：	www.sxskcb.com
经 销 者：	山西出版传媒集团·山西人民出版社
承 印 厂：	北京汇林印务有限公司
开　　本：	870mm×1120mm　1/32
印　　张：	6.625
字　　数：	200 千字
版　　次：	2023 年 6 月　第 1 版
印　　次：	2023 年 6 月　第 1 次印刷
书　　号：	ISBN 978-7-203-12789-5
定　　价：	58.00 元